徐薇英文UP學堂，親子共學系列

U0098113

在家也可聽、說、讀、寫

5小時 徐薇老師精彩解說

（附教學光碟、每日進度表、活用練習題）

◆ 300 組一定要會的初級片語
一次搞定！

"您" 就是您家的徐薇老師！

初級片語
STARTER 300

《親子共學系列》 緣起

教了二十多年的英文，我真的認為，爸媽才是孩子學好英文最重要的啟蒙老師。

教過數萬名國、高中學生，我發現班上英文程度好的孩子，都有一個共通的特點，就是他們的爸媽從小就很重視培養孩子的英文實力。除了固定送孩子上兒童美語班外，還會在家創造英文學習環境，有的爸媽會每天陪孩子讀英文讀本、聽英文CD；有的會陪孩子看英文教學卡通；還有的爸媽會在家設定固定時段的No Chinese Time，這段時間裡全家都必須講英文。

在父母的陪伴下，英文成為孩子日常生活的一部分，孩子對英文的接受度就會高，效果自然就好，而這樣打下的基礎，讓孩子對自己的英文能力更有自信，也就更想要把英文學好，於是，孩子的英文學習走向了良性循環，英文程度愈來愈好也是理所當然的事。

另外，有些家長，從小就送孩子上兒童美語，接著上國、高中文理補習班，本身也非常關心孩子們的英文，但自己陪伴的時間較少，這些同學表現就不如上面的同學，考大學英文成績約為中上程度，最差的是，家長從小比較不關心孩子的英文教育，那麼，這些同學，到了高中，大學時就比較容易放棄英文，因此，根據我教高中英文二十年的經驗，可以說，在小孩6-12歲英文學習的關鍵期，家長越是重視，孩子們長大以後，英文程度越好。

我認為，小學是奠定孩子英文基礎最重要的時機，但在這個階段中，我也知道很多有心的家長，很想幫孩子創造學英文的環境，卻常苦於找不到適合的教材、覺得沒有時間、或是對自己的英文沒有信心，讓孩子白白錯失了英文打底的最佳時機，這也正是我要推出《親子共學系列》的原因。

在這套系列書中，我們融入了英文學程的概念，將英文元素設計成一堂堂完整的課程，每堂課都有我的詳細解說，爸媽們不用再費心尋找教材的同時，還要擔心自己英文程度不夠好、不會教的問題，只要每天或每週花三十分鐘的時間，陪著孩子一起聽我的教學，再利用書裡的檢測試題做測驗，隨時就能知道孩子的學習狀況和理解程度，不記得的地方還可以一聽再聽，加強印象。

我們目前推出的是《英單1500字Starter(上)、(下)》兩冊，以及《徐薇老師教KK》、《初級片語Starter300》，之後還會陸續推出文法及英聽、英檢的課程套書，為爸媽們提供最有效、有趣而且最紮實的英文教學素材。

最重要的是，有了您的陪伴，孩子就不會覺得無聊孤單，能和爸媽一起學有趣的英文，也就更有持續學習的動力，基礎就能打得更紮實，未來學英文當然更有自信。

《親子共學系列》將和您一起，讓孩子的英文學習如虎添翼！

"您"，就是您家的徐薇老師！

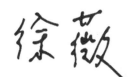

目錄

現在就開始！Starters, let's GO！
「Can you give me a hand?」
「你幹嘛要我給你一隻手啊？」
「哎唷，我是要你幫我一個忙啦！
怎麼連這麼簡單的片語你都不懂啊？」

每個單字都知道，連成片語卻滿頭問號？？
有相同疑惑的同學，你可千萬不能錯過徐薇老師這本「初級片語Starter 300」！
大家學習英文時除了一開始的字母ABC和發音認讀外，接下來一定就是從最基礎的背單字開始累積字彙，
但是當一個個單字組成一組一組的片語時，你是否發現每個單字你都會，可是放在一起卻無法完全了解它
的意思？該怎麼辦？要丟銅板還是猜猜看？

徐薇老師說：「不不不，讓我來教你片語怎麼看！」

在片語的組成中，有時是從單字的意義衍生而來，我們只要望文生義就能知道片語的意思，像是a piece
of cake按字面解釋就是指「一片蛋糕」，因為吃下一片蛋糕是很輕而易舉的事，所以這個片語也可以用
來形容做某件事情「輕鬆又簡單」。

還有一些片語，只要一個動詞搭配上不同的介系詞，就會有不同的變化，比如說：
come是「來」，after是「在～之後」、from是「從～」、true是「真實的」
come after在～之後來 → 緊跟著
come from從～來 → 來自於
come true來到真實的狀態 → 實現
只要熟記一個come，就能背上好幾組不同的片語呢！

本書搭配徐薇老師5小時精彩的片語解析mp3，每個片語徐薇老師都會詳細講解，教你如何拆解、如何記
憶，還有相關用法與實用例句告訴你，片語該怎麼活用，爸爸媽媽陪孩子一起聽，大人小孩一起學、片語
力一起UP！

聽完片語解說，你可以立刻挑戰每個單元後的「Try it！實戰練習題」，檢測自己的學習成果、加深學習印
象。每單元還有相關的衍生片語、趣味慣用語、俚語及俗諺的用法與小故事，讓你不只學片語，還能知道
片語的由來，讓你輕鬆活用、學習樂趣多更多！

隨書還有學習計畫表，爸爸媽媽只要按部就班，帶著小朋友循序漸進，每天熟練兩個片語，每週學完一個
單元，週末再做單元複習，照表操課就能打下完美片語基礎！

跟著徐薇老師學英文，活用片語真是輕鬆又簡單、a piece of cake！

左1：**徐薇老師**精闢講解，一開始就報你知！

左2：片語**怎麼解、怎麼記**，一次就搞定！

左3：相關用法告訴你，**片語活用so easy！**

Unit 2 🔊 Idiom02·Unit2 左1

1. can't wait to + 原形動詞　等不及～；不能等待～
🔲 解釋：can't wait 後接「to + 原形動詞」，表示「等不及要去做～」。
例：I can't wait to open my birthday present.
　　我等不及拆開我的生日禮物。

2. can't wait for + 名詞　等不及～
🔲 解釋：can't wait 後面以介系詞 for 接所等不及的事物。
例：She can't wait for Christmas to come
　　她等不及聖誕節的到來。

3. carry on + 動詞ing　繼續做～
左2 🔲 解釋：carry是「攜帶；搬運」的意思，後面以副詞 on 接所要繼續進行的動作或事情，表示「繼續做（某事）」。
👉 同義：keep / continue + 動詞ing (繼續)
例：Adam carried on watching TV after he finished his homework.
　　亞當做完功課後繼續看電視。

4. carry out + 名詞　實現(計劃)；履行(義務)
🔲 解釋：carry out 是指「實現計畫；履行義務」之意，後面接所要執行的事情。
左3 👉 同義：fulfill (動) 履行；實現
　　　　complete (動) 完成；實現
例：David carried out his work at midnight.
　　大衛在午夜履行他的工作。

5. catch a cold　感冒
🔲 解釋：catch意思是「接住、抓住」，引申有「感染、染上(疾病)」之意；cold在此則是指「傷風、感冒」，因此catch a cold 的意思就是「感冒」。
👉 同義：have a cold(感冒)
例：I caught a cold after I took a cold bath.
　　洗完冷水澡後我就感冒了。

右1 6. catch up with + 名詞　趕上～
🔲 解釋：catch up意指「趕上」，後面以介系詞with 接要趕上的人事物。
例：You go first, and I will catch up with you later.
　　你先走，我隨後就趕上你。

7. check in + 名詞　登記入住；報到
🔲 解釋：check為「檢查」之意，check in指入住飯店時「登記、報到」的意思。
👉 反義：check out (結帳退房)
例：You can only check in after 3 p.m.
　　你只能在下午三點後登記入住。

8. check out + 結帳退房；借出(書本)　趕上～
🔲 解釋：check in指「登記入住；報到」，反義的 check out即是「結帳退房」的意思，也可以指「從圖書館借出書本」。
例：I checked out several novels from the school library yesterday.
　　我昨天從學校圖書館借了幾本小說

9. cheer for + 人　為某人加油打氣；喝采
🔲 解釋：cheer意思是「歡呼、喝采」，後面以介系詞for接要打氣的對象，表示「為某人加油打氣」。
右2 例：We all cheer for the baby in the hospital.
　　我們都為在醫院的小寶寶加油打氣。

10. cheer up　振作；高興起來
🔲 解釋：cheer意思是「歡呼、喝采」，up則為「向上」，為某人歡呼、喝采，使其心情向上提升，就是指「使某人高興、振作起來」的意思。
例：Ruby said something funny to cheer me up.
　　露比說了些好笑的事來使我開心。

右1：片語組成，**一目瞭然**

右2：片語**造句**怎麼用，
　　　實用例句**即刻show**

左上：**選擇題**考驗你**概念**是否清晰

右上：**趣味俚俗、諺語小故事**，讓你**實力立刻升級！**

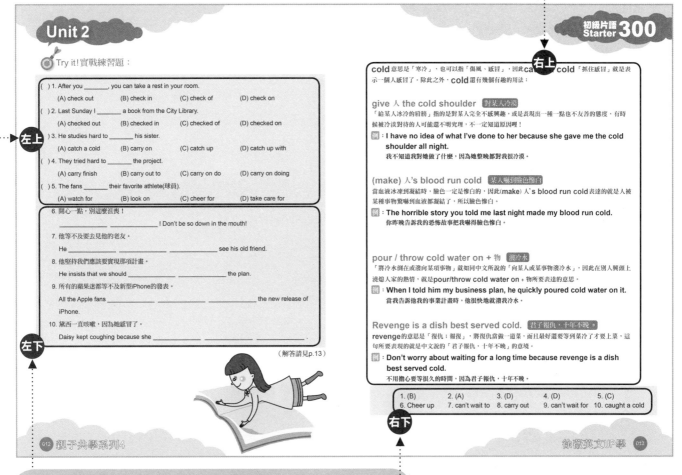

Unit 2

初級片語
Starter **300**

Try it! 實戰練習題：

左上

( ) 1. After you _____, you can take a rest in your room.
　　(A) check out　　(B) check in　　(C) check of　　(D) check on

( ) 2. Last Sunday I _____ a book from the City Library.
　　(A) checked out　(B) checked in　(C) checked of　(D) checked on

( ) 3. He studies hard to _____ his sister.
　　(A) catch a cold　(B) carry on　　(C) catch up　　(D) catch up with

( ) 4. They tried hard to _____ the project.
　　(A) carry finish　(B) carry out to　(C) carry on do　(D) carry on doing

( ) 5. The fans _____ their favorite athlete(球員).
　　(A) watch for　　(B) look on　　(C) cheer for　　(D) take care for

6. 開心一點，別這麼沮喪！
　_____ _____ _____ ! Don't be so down in the mouth!

7. 他等不及要去見他的老友。
　He _____ _____ _____ _____ _____ see his old friend.

8. 他堅持我們應該要實現那項計畫。
　He insists that we should _____ _____ _____ the plan.

9. 所有的蘋果迷都等不及新型iPhone的發表。
　All the Apple fans _____ _____ _____ the new release of iPhone.

10. 黛西一直咳嗽，因為她感冒了。
　Daisy kept coughing because she _____ _____ _____ .

（解答請見p.13）

左下

右上

cold意思是「寒冷」，也可以指「傷風、感冒」，因此ca～～cold「抓住感冒」就是表示一個人感冒了。除此之外，**cold**還有幾個有趣的用法：

give 人 the cold shoulder　對某人冷漠
「給某人冰冷的肩膀」指的是對某人完全不感興趣，或是表現出一種一點也不友善的態度，有時候被冷淡對待的人可能還不明究理，不一定知道原因哩！

例：**I have no idea of what I've done to her because she gave me the cold shoulder all night.**
　我不知道我對她做了什麼，因為她整晚都對我很冷漠。

(make) 人's blood run cold　某人嚇到臉色慘白
當血液冰凍到凝結時，臉色一定是慘白的，因此(make) 人's blood run cold表達的就是人被某種事物驚嚇到血液都凝結了，所以臉色慘白。

例：**The horrible story you told me last night made my blood run cold.**
　你昨晚告訴我的恐怖故事把我嚇得臉色慘白。

pour / throw cold water on + 物　潑冷水
「將冷水倒在或潑向某項事物」就如同中文所說的「向某人或某事物潑冷水」，因此在別人興頭上澆熄人家的熱情，就是pour/throw cold water on + 物所要表達的意思。

例：**When I told him my business plan, he quickly poured cold water on it.**
　當我告訴他我的事業計畫時，他很快地就潑我冷水。

Revenge is a dish best served cold.　君子報仇，十年不晚。
revenge的意思是「復仇；報復」，將復仇當做一道菜，而且最好還要等到菜冷了才要上菜，這句所要表現的就是中文說的「君子報仇，十年不晚」的意境。

例：**Don't worry about waiting for a long time because revenge is a dish best served cold.**
　不用擔心要等很久的時間，因為君子報仇，十年不晚。

| 1. (B) | 2. (A) | 3. (D) | 4. (D) | 5. (C) |
| 6. Cheer up | 7. can't wait to | 8. carry out | 9. can't wait for | 10. caught a cold |

右下

左下：**填充題**檢測你片語是否**熟記**

右下：寫完馬上對答案，效果立刻見真章

請搭配徐薇老師獨門片語解析mp3一起學習，並運用每個單元提供的實戰練習題進行演練，再透過《學習計畫表》確實掌握學習進度，讓你學習不脫節、片語力大躍進！

學習計畫表

Unit1~Unit5

Hi！今天片語複習了嗎？複習好了記得打個「√」哦！

Mon.	Tue.	Wed.	Thu.	Fri.	Sat./Sun
Unit 1	Unit 1	Unit 1	Unit 1	Unit 1	review and test
□ask for + 名詞/動名詞	□bring + 人 + 物	□come (on) in	□arrive at + 小地方	□甲 + belong to + 乙	
□ask + 人 + for + 物	□bring + 物 + with + 人	□甲 + come after + 乙	□arrive in + 大地方	□bump into	
Unit 2	Unit 2	Unit 2	Unit 2	Unit 2	review and test
□can't wait + 原形動詞	□carry on + 動名詞	□catch a cold	□check in	□cheer for + 人	
□can't wait for + 名詞	□carry out + 名詞	□catch up with + 名詞	□check out	□cheer up	

每天兩個片語、每週一個單元，天天有進度，天天都進步！

徐薇英文UP學　005

1. **ask for** + 名詞 / 動名詞　要求

📖 解釋 ：ask for 接事物，表示「要求某事物」，後面可接名詞或動名詞。

👉 同義 ：request (動)要求，請求

demand (動)要求，請求

例 ：**Kevin asked for a glass of water.**

凱文要了一杯水。

2. **ask** + 人 + **for** + 物　向某人要求某物

📖 解釋 ：此處的**ask**指「要求」

💡 注意 ：人與物的位置不可顛倒

例 ：**She asked the waitress for another slice of cake.**

她向女服務生再多要了一片蛋糕。

3. **bring** + 人 + 物　幫某人帶～

📖 解釋 ：bring 為授與動詞，意思是「攜帶」，後方先接人再接物，表示「幫某人帶某物」。

👉 同義 ：bring + 物 + to + 人

例 ：**Please bring me some eggs on your way home.**

請你在回家路上幫我帶些雞蛋回來。

4. **bring** + 物 + **with** + 人　某人隨身帶著～

📖 解釋 ：「with + 人」意思是「跟著某人」，也就是「隨身攜帶」的意思。

👉 同義 ：take + 物 + with + 人

例 ：**Doreen brings a digital camera with her when she goes out recently.**

朵琳最近出門都會隨身帶數位相機。

5. **come (on) in**　進來

📖 解釋 ：come (on) in是請人家進來的意思，中間on可省略。

例 ：**Come in, please! I want to show you something.**

請進！我想給你看樣東西。

6. 甲 + come after + 乙　甲在乙之後來

📖 解釋：come是「來」，after是「在~之後」，come after就是「在~之後來」，也有「緊跟著」的意思。

例：**Christmas comes after Thanksgiving.**
聖誕節在感恩節之後來。

7. arrive at + 小地方　到達

📖 解釋：arrive意思是「到達」，at接某個定點或是建築物等較小範圍的地方。

例：**Jack usually arrives at his studio at ten o'clock.**
傑克通常十點到他的工作室。

8. arrive in + 大地方　到達

📖 解釋：arrive意思是「到達」，in接某個城市、國家等範圍較大的地方。

例：**Betty will arrive in Hong Kong tonight.**
貝蒂今晚會抵達香港。

9. 甲 + belong to + 乙　甲屬於乙

📖 解釋：belong為動詞，意為「屬於」，後方以to接所屬的人或事物。

💡 注意：belong沒有進行式，不可寫成be動詞 + belonging to。

例：**The bookstore belongs to Aunt Anna.**
這家書店是安娜阿姨開的。

10. bump into　撞到；巧遇

📖 解釋：bump的意思是「碰、撞」，bump into則是指「撞到~」，引申為「巧遇」的意思。

👉 同義：**run into**（撞到；巧遇）、**come across**（偶然碰見）

例：**We bumped into our high school teacher in the railway station.**
我們在火車站巧遇我們高中老師。

Unit 1

Try it! 實戰練習題：

( ) 1. The customer _____ drinks instead of soup.

  (A) asked to (B) asked about (C) asked for (D) asked help

( ) 2. Please come _____.

  (A) to (B) in (C) off (D) of

( ) 3. My sister _____ some books to me.

  (A) buy (B) bring (C) brought (D) bought

( ) 4. Summer _____ spring.

  (A) comes before (B) comes after (C) comes around (D) comes over

( ) 5. This private garden _____ the Lins.

  (A) belongs (B) belongs of (C) belongs with (D) belongs to

6. 羅倫總是為了好運帶著一塊玉。

  Lauren always _____ a piece of jade _____ him for luck.

7. 期末考結束，暑假就來了。

  The summer vacation _____ _____ the final exam.

8. 我們終於在商店打烊前抵達。

  We finally _____ _____ the store before it closed.

9. 我在圖書館前面巧遇凱薩琳。

  I_____ _____ Catherine in front of the library.

10. 吉娜一直向代辦機構要求有關出國唸書的資訊。

  Gina kept _____ the agency _____ information about studying abroad.

（解答請見p.9）

bump當動詞時，意思是「撞擊」，然而做名詞時可以解釋為「凸塊」，下列有兩個和bump做「凸塊」解釋時相關的俚語：

goose bumps 　雞皮疙瘩

當我們覺得很冷或害怕的時候，皮膚會起「雞皮疙瘩」，中文說「雞皮」英文卻是用「**goose bumps**（鵝皮疙瘩）」來表達。**goose**是鵝，**bumps**就是指皮膚上的凸塊，一般來說鳥類為了保暖會有類似把毛豎起來的情形，因此不論是雞或是鵝，皮膚上的凸起就像人類因為害怕或寒冷所起的「雞皮疙瘩」一樣。

此外，「雞皮疙瘩」除了用**goose bumps**來形容之外，也可以說成**goose pimples**或是**goose flesh**。

例：**The sound of brakes always gives me goose bumps.**
煞車的聲音總是令我起雞皮疙瘩。

like a bump on a log 　一動也不動

log是「原木、木頭」的意思，長在木頭上的凸塊當然不會動，有時我們會用「**like a log**（像木頭一樣）」來形容「一動也不動」的樣子，而「**like a bump on a log**（像原木上的凸塊一樣）」也有一樣的意思，但是語氣更強，甚至可以形容「呆頭呆腦；一聲不吭」的樣子。

例：**When I called him, he just stood there like a bump on a log.**
我叫他的時候，他就像塊木頭一樣，一動也不動。

1. (C)	2. (B)	3. (C)	4. (B)	5. (D)
6. brings with	7. comes after	8. arrived at	9. bumped into	10. asking for

1. can't wait to + 原形動詞　等不及～；不能等待～

解釋：can't wait 後接「to + 原形動詞」，表示「等不及要去做～」。

例：I can't wait to open my birthday present.

我等不及拆開我的生日禮物。

2. can't wait for + 名詞　等不及～

解釋：can't wait 後面以介系詞 for 接所等不及的事物。

例：She can't wait for Christmas to come.

她等不及聖誕節的到來。

3. carry on + 動詞ing　繼續做～

解釋：carry是「攜帶；搬運」的意思，後面以副詞 on 接所要繼續進行的動作或事情，表示「繼續做(某事)」。

同義：keep / continue + 動詞ing (繼續)

例：Adam carried on watching TV after he finished his homework.

亞當做完功課後繼續看電視。

4. carry out + 名詞　實現(計劃)；履行(義務)

解釋：carry out 是指「實現計畫；履行義務」之意，後面接所要執行的事情。

同義：fulfill (動) 履行；實現

complete (動) 完成；實現

例：David carried out his work at midnight.

大衛在午夜履行他的工作。

5. catch a cold　感冒

解釋：catch意思是「接住、抓住」，引申有「感染，染上(疾病)」之意；cold在此則是指「傷風，感冒」，因此catch a cold 的意思就是「感冒」。

同義：have a cold(感冒)

例：I caught a cold after I took a cold bath.

洗完冷水澡後我就感冒了。

6. **catch up with + 名詞** 　趕上～

📖 解釋 ▶ ：catch up意指「趕上」，後面以介系詞with 接要趕上的人事物。

　例：**You go first, and I will catch up with you later.**
　　　你先走，我隨後就趕上你。

7. **check in + 名詞** 　登記入住；報到

📖 解釋 ▶ ：check為「檢查」之意，check in指入住飯店時「登記、報到」的意思。

👉 反義 ▶ ：check out (結帳退房)

　例：**You can only check in after 3 p.m.**
　　　你只能在下午三點後登記入住。

8. **check out + 結帳退房；借出(書本)** 　趕上～

📖 解釋 ▶ ：check in指「登記入住；報到」，反義的 check out即是「結帳退房」的意思，
　　　也可以指「從圖書館借出書本」。

　例：**I checked out several novels from the school library yesterday.**
　　　我昨天從學校圖書館借了幾本小說。

9. **cheer for + 人** 　為(某人)加油打氣；喝采

📖 解釋 ▶ ：cheer意思是「歡呼、喝采」，後面以介系詞for接要打氣的對象，表示「為某人
　　　加油打氣」。

　例：**We all cheer for the baby in the hospital.**
　　　我們都為在醫院的小寶寶加油打氣。

10. **cheer up** 　振作；高興起來

📖 解釋 ▶ ：cheer意思是「歡呼、喝采」，up則為「向上」，為某人歡呼、喝采，使其心情向
　　　上提升，就是指「使某人高興、振作起來」的意思。

　例：**Ruby said something funny to cheer me up.**
　　　露比說了些好笑的事來使我開心。

Unit 2

( ) 1. After you _____, you can take a rest in your room.

    (A) check out   (B) check in   (C) check of   (D) check on

( ) 2. Last Sunday I _____ a book from the City Library.

    (A) checked out   (B) checked in   (C) checked of   (D) checked on

( ) 3. He studies hard to _____ his sister.

    (A) catch a cold   (B) carry on   (C) catch up   (D) catch up with

( ) 4. They tried hard to _____ the project.

    (A) carry finish   (B) carry out to   (C) carry on do   (D) carry on doing

( ) 5. The fans _____ their favorite athlete(球員).

    (A) watch for   (B) look on   (C) cheer for   (D) take care for

6. 開心一點，別這麼沮喪！

    _____ _____ ! Don't be so down in the mouth!

7. 他等不及要去見他的老友。

    He _____ _____ _____ see his old friend.

8. 他堅持我們應該要實現那項計畫。

    He insists that we should _____ _____ the plan.

9. 所有的蘋果迷都等不及新型iPhone的發表。

    All the Apple fans _____ _____ _____ the new release of iPhone.

10. 黛西一直咳嗽，因為她感冒了。

    Daisy kept coughing because she _____ _____ _____ .

（解答請見p.13）

cold意思是「寒冷」，也可以指「傷風、感冒」，因此**catch a cold**「抓住感冒」就是表示一個人感冒了。除此之外，**cold**還有幾個有趣的用法：

give 人 the cold shoulder 　對某人冷漠

「給某人冰冷的肩膀」指的是對某人完全不感興趣，或是表現出一種一點也不友善的態度，有時候被冷淡對待的人可能還不明究理，不一定知道原因哩！

例：**I have no idea of what I've done to her because she gave me the cold shoulder all night.**

我不知道我對她做了什麼，因為她整晚都對我很冷漠。

(make) 人's blood run cold 　某人嚇到臉色慘白

當血液冰凍到凝結時，臉色一定是慘白的，因此**(make) 人's blood run cold**表達的就是人被某種事物驚嚇到血液都凝結了，所以臉色慘白。

例：**The horrible story you told me last night made my blood run cold.**

你昨晚告訴我的恐怖故事把我嚇得臉色慘白。

pour / throw cold water on + 物 　潑冷水

「將冷水倒在或潑向某項事物」就如同中文所說的「向某人或某事物潑冷水」，因此在別人興頭上潑熄人家的熱情，就是**pour/throw cold water on** + 物所要表達的意思。

例：**When I told him my business plan, he quickly poured cold water on it.**

當我告訴他我的事業計畫時，他很快地就潑我冷水。

Revenge is a dish best served cold. 　君子報仇，十年不晚。

revenge的意思是「復仇；報復」，將復仇當做一道菜，而且最好還要等到菜冷了才要上菜，這句所要表現的就是中文說的「君子報仇，十年不晚」的意境。

例：**Don't worry about waiting for a long time because revenge is a dish best served cold.**

不用擔心要等很久的時間，因為君子報仇，十年不晚。

1. (B)	2. (A)	3. (D)	4. (D)	5. (C)
6. Cheer up	7. can't wait to	8. carry out	9. can't wait for	10. caught a cold

Unit 3 Idiom03-Unit3

1. **bark at + 名詞** 　對～吠叫
🔍 解釋 ：bark為動詞，指「狗吠叫」，後面以介系詞at接所吠叫的對象。
❌ 衍生 ：**to bark up the wrong tree** (弄錯對象)
例 ：**The dog barked at me when I tried to touch it.**
那隻狗在我試著摸牠時，對我吠叫。

2. **break up with + 人** 　使(某人)傷心；與～分手
🔍 解釋 ：break up是「打碎」的意思，後面以介系詞with接人，表示打碎與某人的關係，也就是「使某人傷心」的意思，也可以指「與某人分手」。
例 ：**Tom broke up with Mary.**
湯姆和瑪莉分手了。

3. **break + (the habit) + of + 名詞 / 動名詞** 　戒掉～習慣
🔍 解釋 ：break除了有「打破、碎裂」的意思之外，還可表示「中止、結束」，其後以介系詞of接所要戒除的動作或習慣，意思就是「中止、戒掉某習慣」。
👉 同義 ：**give up** (放棄)、**kick off** (戒除)、**quit** (戒掉)
例 ：**Lucy broke the habit of lying.**
露西戒掉說謊的習慣。

4. **break into** 　闖入
🔍 解釋 ：break有「打破、打壞」的意思，**break into**則通常是指「非法強行進入」，也就是「闖入」。
例 ：**Someone broke into my house and stole all of my money.**
有人闖入我家並偷走我所有的錢。

5. **call on** 　拜訪
🔍 解釋 ：**call on**意指「拜訪」，後面接要拜訪的對象。
👉 同義 ：**visit** (動) 拜訪
❌ 衍生 ：**drop in/by** (順道拜訪)
例 ：**I will call on an old friend tomorrow.**
我明天會去拜訪一位老朋友。

6. care about + 名詞　關心

解釋：care為「關心；在意」的意思，後以介系詞about接所關心的人事物。

同義：care for（關心）

例：We all care about the environmental issue along the east coast.

我們都關心東海岸的環境議題。

7. come from　來自於～

解釋：come from表示「來自～」，後方通常接地方或國家，表示「來自於某地或某國」。

反義：be from + 地點（來自～）

例：Which country do you come from?

你從哪個國家來？

8. come on　算了吧；快一點

解釋：come on在口語中有兩個意思，一個是「算了吧」，另一個則是「快一點」。

同義：forget it（算了吧）、hurry up（快一點）

例：Come on! He didn't mean it.

算了吧！他不是故意的。

9. come back from　從～(地方)回來

解釋：come back的意思是「回來」，後面加上介系詞from，表示「從～回來」。

例：We just came back from Australia two days ago.

我們兩天前才剛從澳洲回來。

10. come before　在～之前來

解釋：come after是「在～之後來」，come before則是「在～之前來」的意思。

例：Halloween comes before Christmas.

萬聖節在聖誕節之前到來。

Try it! 實戰練習題：

( ) 1. Wednesday _____ Thursday.

(A) comes before　　(B) comes after　　(C) comes around　　(D) comes over

( ) 2. She just broke _____ her boyfriend.

(A) up　　　　　　(B) up with　　　　(C) down　　　　　(D) off

( ) 3. He called _____ one of his students yesterday.

(A) at　　　　　　(B) on　　　　　　(C) off　　　　　　(D) to

( ) 4. _____! He is lying again.

(A) Come over　　　(B) Come along　　(C) Come up with　　(D) Come on

( ) 5. The dog kept barking _____ the man.

(A) on　　　　　　(B) of　　　　　　(C) at　　　　　　(D) to

6. 路克來自韓國，他是我的新同學。

Luke _____ _____ Korea. He is my new classmate.

7. 你應該多關心小孩的教育問題。

You should _____ more _____ the children's education.

8. 他為了小孩戒掉抽煙的習慣。

He _____ the habit _____ smoking for his children.

9. 消防隊員正試圖闖入那棟燃燒的房子。

The firefighters are trying to _____ _____ the burning house.

10. 他們兩人都是上週才從馬來西亞回來。

Both of them _____ _____ _____ Malaysia last week.

（解答請見p.17）

動詞break一般是指「打破、破壞」的意思，而運用break這個基本的定義，搭配在不同的詞句裡，也會產生許多特殊而有趣的說法：

break 人's back / neck　拚命(做某事)；做極大努力

打壞一個人的背或脖子時，其實要表達的是一種「拚了命、很努力(做某事)」的意思，而當一個人真的很努力拚命完成一件事時，可能背和脖子也都累壞了吧！

例：**Most people are not willing to break their back working for low wages.**
大多數的人都不願為低廉的工資而拚命工作。

the straw that breaks the camel's back　壓垮駱駝的最後一根稻草

駱駝是一種耐旱又很能負重的動物，而稻草雖然很輕盈，但是當稻草堆積到一定的數量，其重量也能夠把駱駝壓垮，這個詞句用來比喻事情已經達到某人忍受度的最高極限了。

例：**Though he loves his job, the comments from his boss have become the straw that breaks the camel's back.**
雖然他很喜歡他的工作，但是來自老闆的評論卻成為壓垮駱駝的最後一根稻草。

break 人's word/promise　失信；不守諾言

如果一個人說的話或承諾可以輕易地被破除，代表的就是這個人的信用不可靠，失信於人、不守諾言的意思。

例：**Jimmy drew a big picture for that project, but he broke his word in the end.**
吉米為那個計畫畫了一個大餅，但是最後卻言而無信。

Break a leg!　祝你幸運(成功)

打斷一條腿怎麼會是祝福別人幸運或成功的意思呢？其實這是源自於劇場一種比較誇張的說法，因為演員通常認為說「**good luck**」並不是一個好兆頭，因此就以Break a leg！來取代祝福演出順利的用法。

例：**"Let's do our best. Break a leg!" shouted the stage manager to the actors.**
舞台總監向演員們大喊：「讓我們全力以赴，祝大家演出順利！」

1. (A)	2. (B)	3. (B)	4. (D)	5. (C)
6. comes from	7. care, about	8. broke, of	9. break into	10. came back from

1. borrow + 物 + from + 人　　向～(人)借來～(物)

📖 解釋：borrow意指「借、借入」，其後接介系詞from表示「從某人那裡借來」，要借的東西則放在borrow和from中間，做為borrow的受詞。

✖ 衍生：lend + 人 + 物 = lend + 物 + to + 人 (借某物給某人)

例：**My brother borrowed a comic book from his classmate.**
我弟弟向他同學借了一本漫畫書。

2. bring along + 名詞　　帶著～來

📖 解釋：bring的意思是「帶來；拿來」，along作副詞通常與動詞或介系詞with連用，後面接名詞表示「帶著～一起來」。

例：**Bring along your coat, the weather is getting colder and colder.**
帶著你的外套，天氣越來越冷了。

3. come along with　　和～一起來

📖 解釋：come的意思是「過來；來到」，along作副詞和介系詞with連用則表示「和～一起」，後面接名詞則是「和～一起來」的意思。

例：**Would you come along with me to Jack's party?**
你要和我一起去傑克的派對嗎？

4. come over　　過來

📖 解釋：come表示「過來；來到」，come over則有加強語氣的意思。

例：**Could you please come over here for a while?**
你可以過來這裡一下嗎？

5. come (over) to + 地點　　來到～

📖 解釋：come over是「過來」的意思，後面接「to + 地點」則表示「來到～地點」，over可以省略。

☝ 同義：come to + 地點 (來到～)

例：**Now we come over to the night market.**
現在我們來到了夜市。

6. build a fire 　生火

📖 **解釋**：build為「建造」，「建造一個火(build a fire)」也就是「生火」的意思。

👉 **同義**：start a fire (生火)、make a fire (生火)

✖ **衍生**：catch fire (著火)

例：**He built a fire to keep warm.**
他生火來保持溫暖。

7. build up 　培養

📖 **解釋**：build原意是「建造」，build up指培養或增進信心等感情事物。

👉 **同義**：to bring up (培養)

例：**She wants to build up a sense of beauty.**
她想要培養她的美感。

8. clean up 　清理

📖 **解釋**：clean表示「清理」，加上up有「清理得乾淨溜溜」的意思。

👉 **同義**：clean out (清理乾淨)

例：**Clean up your room! It's a mess.**
把你房間清理乾淨！它簡直是一團糟。

9. climb up 　攀爬

📖 **解釋**：climb意思是「攀爬」，後加副詞up指「向上攀爬」。

例：**It's dangerous to climb up the tree.**
爬樹是很危險的。

10. find out + 名詞 　找出～

📖 **解釋**：find意思是「找到」，副詞out則指「出外；向外」，因此find out也就是表示「找出來」，後接所找的東西。

例：**The police tried to find out where the missing boy was.**
警察試著找出那個失蹤的男孩在哪裡。

Unit 4

( ) 1. I _____ some money _____ the bank to buy the apartment.

    (A) lent; from   (B) asked; for   (C) begged; to   (D) borrowed; from

( ) 2. We _____ a fire to keep warm.

    (A) bought   (B) brought   (C) built   (D) had

( ) 3. She brought _____ her daughter to the office.

    (A) up   (B) with   (C) along   (D) alone

( ) 4. You have to _____ your password, or you can't log into your account.

    (A) look out   (B) look up   (C) find up   (D) find out

( ) 5. The victim _____ with the lawyer to the court.

    (A) came before   (B) came along   (C) came across   (D) came over to

6. 我們要學習定時整理房間。

    We have to learn to _____ _____ our bedrooms regularly.

7. 我跟哥哥小時候常爬到樹上。

    My brother and I often _____ _____ the tree when we were young.

8. 因為他很忙，所以他很少來我家。

    He seldom _____ _____ _____ my house because he is

    busy.

9. 我表哥叫我過來。

    My cousin called me to_____ _____.

10. 她父母試著培養她的責任感。

    Her parents tried to _____ _____ her sense of responsibility.

（解答請見p.21）

come是一個簡單的動詞，表示「來到」的意思，但是come如果搭配不同的詞彙，卻可以變化出許多五花八門的用法：

come and go　來來去去；變化不斷

come是「來」、go是「去」，因此come and go就是形容這種非定期地「來來去去、變化不斷」的狀態。

例：**Music trends come and go, but jazz is always popular with some people.**
音樂潮流變來變去，但是爵士樂卻永遠受到某些人的青睞。

Come again?　你說什麼？

當你沒聽懂或沒聽清楚對方說什麼，而想請對方重複或解釋的時候，較正式的說法有I beg your pardon.或Pardon me.，口語上還可以說Come again?來請對方再說一次。

例：**Come again? I didn't hear what you said. Please repeat it.**
你說什麼？我沒有聽到你說的話。請你再說一次。

come back/down to earth　(從幻想中)回到現實；不要再做白日夢

通常一個人在天馬行空的幻想時，被硬拉回到地球，這意思就是要他趕快清醒、回到現實中，不要再做白日夢了。

例：**You'd better come back/down to earth and finish the housework before Mom comes home.**
你最好別再做白日夢了，在媽媽回家前把家事做完。

How come?　為什麼？怎麼可能？

有時候對某些事情不明究理時，我們可以用How come?來回應，或是運用How come引導問句，來要求對方再做進一步的解釋。

例：**"How come?" I said when I heard Linda claimed that she won the lottery.**
當我聽到琳達聲稱她中了樂透，我脫口說出：「怎麼可能？」

What goes around comes around.　風水輪流轉；善有善報，惡有惡報

這句話是形容東西轉走了又轉回來，意思就是事情怎麼樣去就會怎麼樣來，用來表達一種因果報應的結果，類似諺語還有As you sow, so shall you reap.(種瓜得瓜，種豆得豆)。

例：**He is now the victim of his own policies. What goes around comes around.**
他現在成為自訂政策的受害者。真是風水輪流轉。

1. (D)	2. (C)	3. (C)	4. (D)	5. (B)
6. clean up	7. climbed up	8. comes over to	9. come over	10. build up

1. change 甲 for 乙 　用甲去換乙

📖 解釋 ▶：change意思是「改變」，for是「為了」，這個片語指的就是為了要得到乙，所以拿甲去換。

　例 ▶：I changed bills for some coins.
　　　我把鈔票換成零錢。

2. change 甲 into 乙 　把甲變成乙

📖 解釋 ▶：change意思是「改變」，into是「進入」，這個片語指的就是改變甲，讓他進入成乙的狀態。

👉 同義 ▶：turn 甲 into 乙（將甲變成乙）

　例 ▶：The magician changed a bird into a bunch of flowers.
　　　魔術師把小鳥變成了一束花。

3. fill 甲 with 乙 　用乙把甲裝滿

📖 解釋 ▶：fill當動詞時表示「裝滿、填滿」，用介系詞with連接兩者，即指用後者去填滿前者。

👉 同義 ▶：stuff 甲 with 乙

　例 ▶：Alice filled the bottle with candies.
　　　艾莉絲把瓶子裝滿糖果。

4. fall off 　落下；掉下

📖 解釋 ▶：fall off是指「落下；掉下」，其後接地方則表示「從～掉下」。

👉 同義 ▶：fall from

　例 ▶：There is a girl falling off a bike.
　　　有個女孩從自行車上跌落。

5. fall over 　掉下；倒塌

📖 解釋 ▶：fall over可指人或物「掉下來」，也可以指建築物「倒塌」。

　例 ▶：The building fell over after an airplane crashed into it.
　　　這棟大樓被飛機撞擊後倒塌了。

6. fall down 　倒下

📖 解釋：fall當動詞表示「掉落」，fall down就是「倒下」的意思。

例：An old lady was hit by a car and fell down.
有一位老太太被車撞到後倒下了。

7. compare 甲 with 乙　甲和乙做比較

📖 解釋：compare意思是「比較、對照」，要將兩者做比較則以介系詞with連接所要比較的東西，因此compare 甲 with 乙就是表示將甲與乙做比較的意思。

例：Comparing rice with noodles, I prefer the former.
飯類和麵食做比較，我比較喜歡前者。

8. 人 + come up with + 事　想到

📖 解釋：come up with是「想到」的意思，主詞必須是人。

👉 同義：think of（想到）

例：I suddenly came up with a crazy plan.
我突然想到一個瘋狂的計畫。

9. discuss + 事 + with + 人　與某人討論某事

📖 解釋：discuss是動詞「討論」的意思，跟誰討論要用介系詞with。

👉 同義：talk about + 事 + with + 人（和某人討論某事）

例：Nancy is discussing her project with her boss.
南西正在和她老闆討論她的企劃。

10. make contact with　與～接觸；與～聯絡

📖 解釋：contact在此片語當名詞用，意思是「接觸；聯絡」，後接介系詞with表示「與～接觸；與～聯絡」。

例：Danny usually makes contact with his girlfriend by sending text messages.
丹尼經常傳訊息和他女朋友聯絡。

Unit 5

Try it! 實戰練習題：

( ) 1. The soldiers made _____ with each other by code.

(A) compare   (B) compose   (C) consist   (D) contact

( ) 2. He _____ because of being knocked over by the rocks.

(A) fell down   (B) fell asleep   (C) felt better   (D) felt sick

( ) 3. Henna _____ the chair.

(A) fell in love   (B) fell out of love   (C) fell down   (D) fell off

( ) 4. The crow is trying to _____ the bottle with stones.

(A) full   (B) fill   (C) file   (D) feel

( ) 5. You can compare this translation _____ the original one.

(A) by   (B) of   (C) with   (D) to

6. 這裡的農民試著將沙漠變成農地。

Farmers here try to _____ desert _____ farmland.

7. 他想到一個很簡單的方法解這題數學。

He _____ _____ _____ an easy way to solve the math problem.

8. 她將她的金戒指拿去換錢。

She _____ her golden ring _____ money.

9. 這幅大看板因為強風而倒塌了。

The huge bulletin board _____ _____ due to the heavy wind.

10. 茱莉亞與主廚討論她的食譜。

Julia _____ her recipe _____ the chef.

（解答請見p.25）

一般來說，人是習慣於安逸不喜歡改變的，這樣的人通常比較固執，而用來形容固執、不喜歡改變的說法有：

as stubborn as a mule　像騾子一樣頑固；頑固不化

騾子是聰明的動物，牠們知道如何保護自己，因此當牠們不喜歡主人的要求而不乖乖照著做的時候，人們就加之以頑固的罪名，所以騾子就拿來形容固執的人。

例：**Grandpa doesn't like to take medicine. He is as stubborn as a mule.**
爺爺不喜歡吃藥。他就像騾子一樣頑固。

A leopard can't / doesn't change its spots.　牛牽到北京還是牛；本性難移

要說一個人怎麼樣都改不了舊習性，到哪裡都一樣，中文用「牛」牽到哪裡都還是牛來表達，而英文則是用「豹(leopard)」怎麼樣都無法改變身上的斑紋來形容。

例：**I doubt very much that studying abroad will change Tom for the better. A leopard doesn't change its spots.**
我很懷疑出國唸書會讓湯姆變得更好。牛牽到北京還是牛。

fall當名詞除了可以指一年四季中的「秋天」之外，做為動詞時有「跌倒；降落」的意思，而關於**fall**也有幾個有趣的用法：

fall guy　容易上當受騙的人；代罪羔羊

一個人常常跌倒除了粗心大意之外，也可說是相當地倒霉，因此容易上當受騙的人就好像經常跌倒一樣粗心，搞不好還成了別人的代罪羔羊哩！

例：**Chris contends that he is innocent. He was set up as a fall guy.**
克里斯爭辯他是無辜的。他是被陷害成為代罪羔羊。

Pride comes/goes before a fall.　驕者必敗

這句話按照字面直譯就是「驕傲總是在跌倒之前來」，也就是說一個人如果太驕傲自滿，伴隨而來的打擊可能會讓他認清事實。

例：**Just because you did well on your exams doesn't mean you can stop studying. Pride comes before a fall.**
只因你考試考得很好，不代表你可以不用唸書了。驕者必敗。

1. (D)	2. (A)	3. (D)	4. (B)	5. (C)
6. change, into	7. came up with	8. changed, for	9. fell over	10. discussed, with

1. cut down 削減；縮短

解釋：cut為「切、砍」的意思，cut down字面上表示「向下砍」，引申為「削減；縮短」之意。

例：The company wants to cut down on the expenses.

這間公司想要縮減支出。

2. cut off 切斷；中斷

解釋：cut為「切、砍」的意思，副詞off有「脫落；斷開」之意，因此cut off就表示「切斷；中斷」。

例：The concert was cut off by heavy rain.

那場演唱會被一場大雨中斷了。

3. concentrate on + 事 集中

解釋：concentrate為動詞，意思是「專心」，後方以介系詞on接所專心的事物。

例：Don't bother me! I need to concentrate on my test.

不要吵我！我需要專心在我的考試上。

4. 人 + feel like + 動名詞 想要～

解釋：feel like可表示「摸起來像～；感覺像～」的意思，也可以表示「想要～」，後面接名詞或動名詞。

同義：would like to + 原形動詞 (想要)

例：I feel like having chocolate cake now.

我現在想要吃巧克力蛋糕。

5. 物 + break down 某物故障

解釋：break意思是「打破、打壞」，break down就是指機器、電器類用品壞掉了。

例：My laptop broke down again. I think I need to buy a new one.

我的筆記型電腦又壞了。我想我需要去買新的了。

6. cry over + 事　　悲嘆～事

解釋：cry是哭泣，後方以over接所哭泣的事情，表示「嘆息、惋惜」之意。

諺語：It's no use crying over spilt milk. (覆水難收)

例：It's no use to cry over your failures.
悲嘆失敗是沒有用的。

7. die of + 名詞　　因～而死

解釋：die是「死」的意思，死於某原因，後方要加介系詞of。

例：A lot of people died of the tsunami last year.
去年有許多人死於海嘯。

8. cut into + 名詞　　切入；插嘴

解釋：cut意思是「切、砍」，cut into也就是指「切進去」，引申有說話時「插嘴」的意思。

例：It's impolite to cut into others' conversations.
突然插入別人的談話是不禮貌的。

9. look for　　尋找

解釋：look是「看」，for則表示「為了」，東看西看就是為了找東西，所以look for也就是「尋找」。

例：He is looking for his present under the Christmas tree.
他正在聖誕樹下找尋他的禮物。

10. look up + 生字 + in + 字典　　查字典

解釋：look是「看」，up是「往上」，往書櫃上查看就是為了查閱參考書，所以look up也就是指「查閱」。

例：Can you look up a word for me in the dictionary?
你可以幫我查一個單字嗎？

Unit 6

( ) 1. The apple was cut _____ slices by Mom.

    (A) off   (B) down   (C) into   (D) by

( ) 2. Our connection was cut _____.

    (A) off   (B) down   (C) into   (D) by

( ) 3. A naughty child cut _____ the tree.

    (A) off   (B) down   (C) into   (D) by

( ) 4. The machine can't run anymore. It broke _____.

    (A) up   (B) up with   (C) down   (D) off

( ) 5. Mr. Wu often _____ that he doesn't have good luck.

    (A) cries out   (B) cries over   (C) cries with   (D) cries of

6. 他說他想要喝點水。

    He said he _____ _____ drinking some water.

7. 非洲有許多人都死於飢餓。

    Many people in Africa _____ _____ starvation.

8. 請專心閱讀。

    Please _____ _____ your reading.

9. 你到處在找什麼？

    What are you _____ _____ all over?

10. 告訴他用西班牙文字典查詢這個字。

    Tell him to _____ _____ this word in the Spanish dictionary.

（解答請見p.29）

英文有句諺語It's no use crying over spilt milk.，指的是「為了已經打翻潑灑的牛奶哭泣是無用的」，意思也就是「於事無補；覆水難收」。除此之外，**cry**運用在其他的詞句中還有許多有趣的說法：

cry for the moon 想要要不到的東西；癡心妄想

看到天上的月亮總是高高掛在天空上，遙不可及，因此這句英文諺語**cry for the moon**是指希望得到一些很難、甚至沒有可能得到的東西。

例：**To find a job which is both well-paying and undemanding is like crying for the moon.**
要找到一份薪資優渥又要求不高的工作是不切實際，不可能的事。

cry from the housetops 讓大家都知道某事；公告周知某事

什麼事情需要跑到屋頂上大聲呼喊呢？當然是想讓大家都知道的事情啦！所以特地跑到屋頂上去大聲呼喊，就是有某件事情想要公告周知囉！

例：**They won the championship and were excited to cry it from the housetops.**
他們贏得了冠軍，而且興奮得想讓大家都知道。

cry wolf 喊「狼來了」；發假情報

寓言故事中那個放羊的孩子老是為了捉弄人而叫喊著：「狼來了！」結果搞得最後再也沒有人要相信他，以致於狼真的來了的時候，沒有人願意幫助他，這就是**cry wolf**這個詞語的由來。

例：**Don't worry about her. She has cried wolf many times.**
不用擔心她。她已經撒了很多次謊。

cry uncle 認輸；求饒

中文形容將人打得一敗塗地會撂下狠話，要他哭著回去找爹娘，但英文要表達一個人認輸求饒，卻是要他哭著去找叔叔哩！

例：**Joe kept pressing me on the ground until I cried uncle.**
喬一直把我壓在地上，直到我認輸求饒。

crybaby 愛哭的人；愛發牢騷的人

小嬰兒通常都是透過哭鬧來引起注意，因此**crybaby**就是用來形容那種愛哭或愛發牢騷來吸引注意力的人囉！

例：**She is always tender, but she turns into a crybaby when she feels hungry.**
她一向都很溫柔，但是當她肚子餓的時候就會變得愛發牢騷。

1. (C)	2. (A)	3. (B)	4. (C)	5. (B)
6. felt like	7. die of	8. concentrate on	9. looking for	10. look up

Unit 7　Idiom07-Unit7

1. **feed on + 名詞**　以～為食物

📖 解釋：feed是「餵食」，後面接介系詞on，表示「以～餵食；以～為食物」。

例：**Insects feed on rotten food.**
昆蟲以腐敗食物為主食。

2. **grow up**　長大

📖 解釋：grow表示「成長」，up是「向上」，向上成長也就是「長大」。

例：**Cindy grew up in a happy family.**
辛蒂生長在一個快樂的家庭。

3. **take (good) care of + 名詞**　(好好)照顧

📖 解釋：care是「照顧、照料」的意思，take good care就是「好好地照顧」，後方以介系詞of接所照顧的對象，表示「照顧某人」。

例：**Take good care of yourself. Don't let us worry about you!**
好好照顧自己。不要讓我們擔心了！

4. **ask + 人 + about + 事**　詢問某人關於～事

📖 解釋：ask意思是「詢問」，about為介系詞，表示「關於～」，「ask + 人 + about + 事」就是指「詢問某人關於～事」。

例：**A stranger asked me about how to get to the train station.**
一位陌生人問我怎麼去火車站。

5. **buy + 人 + 物 = buy + 物 + for + 人**　買某物給某人

📖 解釋：buy為授與動詞，意思是「購買」，可先接人再接物，或先接物再以介系詞for接人。

例：**My boyfriend bought me a ring.**
我的男朋友買給我一枚戒指。

6. give + 人 + 物 = give + 物 + to + 人　送某物給某人

解釋：give為授與動詞，意思是「給予」，可先接人再接物，或先接物再以介系詞to接人。

例：Kevin gave me a big hug to welcome me.
凱文給我一個大擁抱作為歡迎。

7. talk to + 人 + about + 事　跟某人談論～事

解釋：talk to意思是「對～講話、談論」，about為介系詞，表示「關於～」，「talk to + 人 + about + 事」就是指「對某人談論關於某事」。

例：He talked to his friends about his new job.
他和他的朋友們談論他的新工作。

8. decide to + 原形動詞　決定

解釋：decide意思是「決定」，決定做什麼事，後面要用不定詞「to + 原形動詞」表示。

同義：make up one's mind to + 原形動詞 (決定去做～)

例：I decided not to go to Wendy's party.
我決定不去溫蒂的派對。

9. dream of + 名詞 / 動名詞　夢見；夢想

解釋：dream意指「做夢」，後方以介系詞of接所夢見或夢想的事物。

同義：dream about + 名詞 / 動名詞 (夢想)

例：Jessie has dreamed of being a super star since she was a child.
潔西從小就夢想成為一個大明星。

10. drive + 人 + to + 地點　開車載人去～

解釋：drive是「開車」的意思，開車載人去某地就用drive先接人，再用介系詞to接要去的地點。

例：Can you drive me to school?
你可以載我去學校嗎？

Try it! 實戰練習題：

( ) 1. Debbie _____ being a fashion designer since her childhood.

　　(A) has dreamed　　(B) dreamed　　(C) dreamed of　　(D) has dreamed of

( ) 2. Chinese feed _____ rice.

　　(A) by　　　　　(B) of　　　　　(C) on　　　　　(D) in

( ) 3. Tracy _____ a doll for me.

　　(A) buy　　　　(B) buying　　　(C) brought　　　(D) bought

( ) 4. He _____ join the club.

　　(A) decided not to　　(B) not decided to　　(C) decided don't　　(D) decided don't to

( ) 5. Please give this portfolio _____ the Registry.

　　(A) for　　　　(B) to　　　　　(C) with　　　　(D) of

6. 我很急。你能立刻載我去機場嗎？

　　I'm in a hurry. Can you _____ me _____ the airport right now?

7. 傑克長大後想要成為一名建築師。

　　Jack wants to be an architect after he _____ _____ .

8. 布蘭蒂昨天與我們討論她的事業計畫。

　　Brandy _____ _____ us _____ her business plan

　　yesterday.

9. 當你獨自在美國求學時，要好好照顧自己。

　　You need to _____ good _____ _____ yourself while

　　you're studying alone in the U.S.

10. 警方正在詢問那名嫌疑犯整個過程。

　　The police are _____ the suspect _____ the whole process.

（解答請見p.33）

許多人終其一生都希望能夠美夢成真(**dreams come true**)，**dream**當名詞是「夢想」，做為動詞時則是指「做夢」，虛幻的夢想可以是人生的目標與動力，那麼運用**dream**的說法還有：

pipe dream 　幻想；白日夢

pipe意思是「管子」，也可以指「煙斗」，古代人曾有抽鴉片的惡習，而吸食鴉片這種毒品則會讓人產生幻覺，因此**pipe dream**本來是指抽鴉片所產生的幻覺，引申為「幻想；白日夢」的意思。

例：**Your hopes of winning a lot of money are just a silly pipe dream.**
你想要贏得很多錢的期望只不過是個愚蠢的幻想。

dream catcher 　補夢網

美國的印第安人有一種環狀飾物，環上面利用馬毛編織出網狀，並裝飾有羽毛、珠珠等物品，相傳是一種可以為擁有者帶來好運的幸運物。

例：**In Native American culture, a dream catcher is a handmade object which is woven in a web and decorated with sacred items.**
在美國的印第安文化中，補夢網是一種編有網狀與裝飾神聖物品的手作飾物。

the American dream 　美國夢

早期有許多歐洲移民到美國開墾，在當時美國成為很多新移民夢想的國度，認為只要透過自己勤奮的工作、勇氣和決心，便能闖出一番新天地，於是許多人都懷抱著夢想來到美國打拚，因此有了**the American dream**這樣的說法。

例：**The Statue of Liberty is an iconic symbol of the American Dream.**
自由女神像是美國夢的一個象徵。

除了以上的說法之外，我們有時會在口語中回應別人的癡心妄想，這時我們可以說**Dream on!**(作夢吧！)，或是**In your dreams!**(你做夢！)。而在占夢的迷信中也有這麼一句諺語「**Dream of a funeral and you hear of a marriage / wedding.**」，意思是當你夢到一個人過世，那意味著那個人即將結婚，是不是很有趣呢？

1. (D)	2. (C)	3. (D)	4. (A)	5. (B)
6. drive, to	7. grows up	8. talked to, about	9. take, care of	10. asking, about

1. apply for + 名詞　申請～

解釋：apply當及物動詞時，意思為「塗、敷(藥)」，如：apply the iodine(擦碘酒)；當不及物動詞時，則表示「申請、報名」，後接介系詞for。

例：Anna wants to apply for a volunteer job in Africa.

安娜想申請去非洲當義工。

2. prepare for　為～做準備

解釋：prepare的意思是「準備、預備」，「為了～而做準備」則需在prepare後面接介系詞for來表達。

例：We all prepared for the trip to Kenting.

我們都為了去墾丁旅遊做準備。

3. decorate with　用～佈置

解釋：decorate是「裝飾；佈置」的意思，表達「用～佈置」要在decorate後面接介系詞with。

例：The cake was decorated with many kinds of fruits.

這個蛋糕是用很多種水果去裝飾的。

4. give up　放棄

解釋：give up是固定的片語用法，意思就是指「停止嘗試去做某件事」或「放棄某個想法」。

例：Try again! Don't give up so quickly.

再試一次！不要這麼快就放棄了。

5. hand in　繳交

解釋：hand當動詞有「傳遞、交付」的意思，後接介系詞in表示「繳交」。

例：Our teacher asked us to hand in our paper on time.

老師要我們準時繳交報告。

6. stand for 代表；象徵

📖 解釋：stand意思是「站立」，而for是指「為了～」，因此stand for解釋為「為了～而站出來」，就是「代表；象徵」的意思。

例：**Which color stands for passion?**
哪一種顏色代表熱情？

7. take off 脫下；飛機起飛

📖 解釋：take是「拿取」的意思，其後接off就成了表示「拿掉；脫下」之意，另外「飛機起飛」也可以用**take off**來表達。

👉 反義：**put on** (穿上，戴上)

例：**I took off my coat because of the hot weather.**
因為天氣很熱，所以我脫掉外套。

8. feel free to + 原形動詞 隨意；不受拘束

📖 解釋：free有「自由的；不受控制的」之意，動詞用feel後面再接to + 原形動詞，表示「做～事的時候，感到隨意而不受拘束的」。

例：**You can feel free to say what you like here.**
在這裡你可以暢所欲言。

9. agree to + 原形動詞 贊同去做～

📖 解釋：agree意指「同意、贊同」，**agree to**後方接原形動詞，則表示「贊同去做～」。

例：**I don't agree to move to New York.**
我不贊同搬去紐約。

10. keep away from 遠離～

📖 解釋：keep away有「保持離開」的意思，from是介系詞表示「從～；始於」，所以**keep away from**就是表達「從～開始保持遠離」之意。

例：**Mom told us to keep away from the boiling water.**
媽媽要我們遠離滾燙的開水。

Unit 8

Try it! 實戰練習題：

( ) 1. I _____ my shoes because they were all wet.

   (A) took on   (B) took down   (C) took off   (D) took out

( ) 2. She practiced all night to prepare _____ the contest next week.

   (A) for   (B) in   (C) off   (D) to

( ) 3. We have to _____ the application form by Wednesday.

   (A) hand off   (B) hand on   (C) hand out   (D) hand in

( ) 4. Victor _____ trying as soon as he found there was no chance.

   (A) gave off   (B) gave up   (C) gave over   (D) gave away

( ) 5. This monument _____ the bravery of those pioneers.

   (A) stands off   (B) stands out   (C) stands for   (D) stands on

6. 她準備了許多資料申請哈佛獎學金。

   She prepared a lot of papers to _____ _____ the scholarship of

   Harvard.

7. 這小女孩用洋娃娃裝飾她的房間。

   The little girl _____ her room _____ dolls.

8. 你可以隨意到處看看。

   You can _____ _____ _____ look around.

9. 一定要離那個柵欄遠一點，因為有通電。

   Be sure to _____ _____ _____ the fence because it's

   electrified.

10. 爸爸不贊成養小狗。

   Dad doesn't _____ _____ keep a dog.

（解答請見p.37）

大家對身體部位的單字應該都很熟悉，hand是指我們的手，通常我們說Hands off!是要別人「不准碰！」而萬一遇到持槍搶匪大喊Hands up!則是要你「不准動，把手舉起來。」hand除了當名詞之外，也可當動詞「傳遞；交付」，很多事情都要動手做，所以有關hand的用法也相當多：

hand in hand 手牽手地 vs. hand in glove 密切合作

想像把手放在手裡面的畫面，其實就是每個人手牽手的樣子，但是把手放進手套裡指的卻是「密切合作」的意思。

例：**Julie and Wendy went to the kitchen hand in hand to work hand in glove with Mom on the Christmas feast.**
茱莉和溫蒂手牽手進廚房，與媽媽合力準備聖誕大餐。

shake hands 握手 vs. wave hands 揮手

遠遠看到熟識的朋友，通常揮揮手打招呼就可以了，但是與第一次認識的朋友打招呼，可就要正式握個手表示禮貌囉！

例：**They shook hands and started a conversation. After that, they waved hands to say goodbye and went home.**
他們握手並開始交談。在那之後，他們揮手向彼此道別並回家。

bite the hand that feeds 人 恩將仇報

feed是「餵食」的意思，而bite則是指「叮；咬」，去咬一隻餵養你的手其實指的就是「恩將仇報」的意思。

例：**When he bites the hand that feeds him, no one will have sympathy for him.**
既然他恩將仇報，沒有人會同情他。

The hand that rocks the cradle rules the world. 搖籃之手統治世界

這句諺語主要是形容母親對孩子的影響力非常大，在小孩子的成長過程中，母親是扮演著形塑孩子人格的主要角色，因此便有了搖籃的手可以統治世界的說法。

例：**Most philanthropists had very kind mothers since the hand that rocks the cradle rules the world.**
多數的慈善家都有非常仁慈的母親，因為俗語說：「搖籃之手統治世界。」

1. (C)	2. (A)	3. (D)	4. (B)	5. (C)
6. apply for	7. decorated, with	8. feel free to	9. keep away from	10. agree to

Unit 9 Idiom09-Unit9

1. suffer from 承受～之苦

解釋：suffer的意思是「遭受；受苦」，後接介系詞from再加名詞，表示「承受～之苦」。

例：Hundreds of thousands of people are suffering from hunger.

數十萬的人們正在遭受飢餓之苦。

2. agree with + 人 贊同某人

解釋：表示贊同某人的意思時，agree之後要用介系詞with接人。

例：I can't agree with you more.

我不能同意你更多。(= 我非常同意你。)

3. put on 穿上

解釋：一般穿戴衣物除了用「wear」這個動詞之外，也可以用片語「put on」來表示，要穿戴的衣物則接在put on後面當做受詞。

例：Put on your jacket. We're going out!

穿上你的夾克。我們要出門了。

4. try on 試穿

解釋：try的意思是「嘗試」，而將衣物穿上身則是用「put on」，因此要試穿衣服或鞋子，看看合不合身或好不好看就用「try on」這個片語。

例：If you like, you could try on this dress.

如果你喜歡，可以試試看這件洋裝。

5. run into 遇見；偶遇

解釋：run into為固定片語用法，後接人表示「偶然遇見某人」。

例：Jimmy ran into his ex-girlfriend yesterday.

吉米昨天碰巧遇見他的前女友。

6. take a trip to　(到某地)去旅行

📖 解釋：trip意指「旅行、旅程」，因此take a trip to接地點則表示「要到某地去旅行」。

例：**My family plans to take a trip to Europe next month.**
我的家人計畫下個月到歐洲旅遊。

7. get up　起床

📖 解釋：get up為固定的動詞片語用法，意思就是指「起床」。

例：**I need to get up early tomorrow, so I'm going to bed now.**
因為我明天要早起，所以我現在要去睡了。

8. stay up　熬夜

📖 解釋：stay當動詞有「繼續、保持」的意思，stay up則可解釋為「保持直立、起床」的狀態，也就是指「晚上不睡覺、熬夜」之意。

例：**I can't stay up late because I have a meeting tomorrow morning.**
我不能熬夜，因為我明天早上有個會議。

9. stay with + 人　和～待在一起

📖 解釋：stay當動詞亦指「停留、留下」，因此stay with接人則表示「和某人待在一起」的意思。

例：**This weekend I decide to stay with my family, so I can't go to your party.**
這個週末我決定要陪家人，所以我不能去你的派對。

10. show + 人 + around　帶(某人)到處參觀

📖 解釋：around有「到處、四處」的意思，show則意指「展示」，因此「show + 人 + around」就是形容向某人展示各個地方，也就是「帶某人到處參觀」的意思。

例：**Follow me. I'll show you around my new house.**
跟我來。我帶你參觀我的新家。

Try it! 實戰練習題：

( ) 1. Alex used to _____ very early in the morning.

    (A) get on   (B) get up   (C) get off   (D) get over

( ) 2. Don't forget to _____ your raincoat because it's raining outside.

    (A) put down   (B) put in   (C) put off   (D) put on

( ) 3. Mom _____ all night for my arrival.

    (A) stayed up   (B) stayed on   (C) stayed out   (D) stayed in

( ) 4. I _____ Anita, whom I haven't seen after graduation.

    (A) ran away   (B) ran out   (C) ran into   (D) ran after

( ) 5. Sharon _____ every pair of shoes, but found none of them fit.

    (A) tried in   (B) tried on   (C) tried out   (D) tried to

6. 你的看法我真是再贊同不過了。

    I can't _____ _____ you more.

7. 請在這裡稍候，秘書會來帶你們到處參觀。

    Please wait here and the secretary will come to _____ _____

    _____.

8. 瑞塔已經夢想去阿根廷旅遊很久了。

    Rita has dreamed of _____ _____ _____

    _____ Argentina for a long time.

9. 經過長久的考量，珊卓拉決定留在原來的團隊。

    After long consideration, Sandra decided to_____ _____ the original

    team.

10. 奶奶已經忍受背痛幾十年了。

    Grandma has _____ _____ backache for decades.

（解答請見p.41）

看表演時，有時候我們會聽到有人說It's show time.，意思就是表演要開始了。show可做為名詞與動詞使用，意思皆為「表演；展示」，由show引申出的用法基本上都與表演或展示有關：

show off　賣弄；炫耀
要表達一個人刻意將自認為最優秀的部分，或者感到最驕傲的事物表現出來，以博取其他人的注意力或欣羨，可以用show off來表示這種賣弄或炫耀的行為。

例：**Jerry always likes to show off his driving techniques.**
傑瑞老是愛炫耀他開車的技巧。

show up　揭露；露面
up做為副詞有「徹底地；完全地」的意思，因此show up可以用來表示揭露某事物。另外，show up還可以用來表示一個人露面或出席某個場合，而show one's face和show the flag也同樣可以表示「露面」的意思。

例：**Although we have reminded him many times, he still didn't show up in the end.**
雖然我們已經提醒了他很多次，他最後還是沒有出現。

steal the show　大出風頭
把一場表演整個偷走意謂著搶走了所有的風采，因此當有人steal the show就是表示某人大出風頭，尤其是在一個出其不意的狀況下。

例：**They have prepared for the concert for months, but the guest artist stole the show.**
他們已經花了好幾個月準備那場音樂會，但是擔任來賓的藝人卻大出風頭。

show a clean pair of heels　逃走；溜之大吉
heel是指「腳後跟」，將一雙乾淨的腳後跟展示給別人看就好像中文說的「腳底抹油，溜之大吉」的意思，也就是表示逃跑得非常迅速。

例：**As soon as the thief heard the alarm bell ring, he showed a clean pair of heels.**
那小偷一聽到警鈴響，立刻拔腿就逃。

1. (B)	2. (D)	3. (A)	4. (C)	5. (B)
6. agree with	7. show you around	8. taking a trip to	9. stay with	10. suffered from

Unit 10 Idiom10-Unit10

1. **pay attention to + 名詞** 注意

📖 解釋：attention意思是「注意、專心」，動詞pay則是指「支付、付出」，因此pay attention to接名詞做為受詞即表示「注意」之意。

例：**Jack can hardly pay attention to what the teacher said.**
傑克很難專心注意聽老師在說什麼。

2. **remind + 人 + of + 事** 使想起～

📖 解釋：remind本身就有「提醒、使想起」的意思，其後以介系詞of接名詞或名詞子句做為受詞。

例：**The newborn puppy reminds me of my dead one.**
那隻剛出生的小狗使我想起我死去的那隻。

3. **thank + 人 + for + 事** 謝謝某人所做的～

📖 解釋：thank接人做為受詞表示「感謝某人」，介系詞for意思是「為了」，後接事情即表示「為了某事感謝某人」。

例：**I want to thank you for helping me.**
我要感謝你幫助我。

4. **get used to + 名詞 / 動名詞** 習慣於

📖 解釋：get used to片語中的get有become的意思，表示「漸漸習慣於某事」，其後接名詞或動名詞。

● 比較：**used to + 原形動詞** (以前曾經；過去時常)

例：**Peter can't get used to the country life.**
彼得不能適應鄉村生活。

5. **人 + run out of + 事物** 從～跑出去；將～用完

📖 解釋：run out of可以表示「從～跑出去」，也可表示「將～用完」的意思，of後面接名詞表達將用完的東西，或是從哪個地方跑開。

例：**We are running out of gasoline.**
我們快要用完汽油了。

6. think of 想到；想起來

📖 解釋 ：think的意思為「想、思考」，think of則表示「想到；想起來」。of為介系詞，其後接名詞或動名詞。

例 ：**Can you think of anyone who did this?**
你可以想到是誰做這件事的嗎？

7. across from 在～的對面

📖 解釋 ：across為介系詞，意思是「橫越、穿過」，across from就是「從～穿過」，也就是「在～對面」的意思。

例 ：**The coffee shop is right across from my house.**
那家咖啡店就在我家正對面。

8. either 甲 or 乙 不是甲就是乙

📖 解釋 ：either的意思是「(兩者之中)任一個」，因此「either 甲 or 乙」是指兩者擇一，也就是指「不是甲就是乙」的意思。

例 ：**Either you or Betty needs to finish this.**
不是你就是貝蒂要完成這個。

9. between 甲 and 乙 在甲和乙之間

📖 解釋 ：between意思為「在～之間」，後方以and連接兩者，表示在兩者之間。

例 ：**It's about 100 meters between this stop and the next one.**
這一站到下一站之間大約距離100公尺。

10. according to + 名詞 / 動名詞 根據～

📖 解釋 ：according to為介系詞片語，後方要接名詞或動名詞。

👉 同義 ：**in accordance with** (根據；與～一致)

例 ：**According to the weather forecast, it will rain tomorrow.**
根據氣象預報，明天會下雨。

Try it! 實戰練習題：

( ) 1. _____ what he said, the man was killed on Friday morning.

    (A) According to   (B) After all   (C) Above all   (D) Across from

( ) 2. There is a post office _____ the school.

    (A) according to   (B) across away   (C) along from   (D) across from

( ) 3. There are still some differences _____ you and your twin brother.

    (A) belong   (B) in   (C) between   (D) of

( ) 4. This song reminds me _____ my school life in university.

    (A) out   (B) of   (C) off   (D) on

( ) 5. I didn't _____ attention to the announcement.

    (A) buy   (B) put   (C) pay   (D) pray

6. 他不是去看電影就是去博物館了。

    He goes _____ to the movies _____ to the museums.

7. 布蘭達很辛苦地適應在英國的新生活。

    Brenda had a hard time _____ _____ _____ the new life

    in England.

8. 因為把錢用完了，那個男人到處找銀行。

    _____ _____ _____ money, the man is looking for the

    bank all over.

9. 沒有人可以想到車子是什麼時候不見的。

    No one was able to _____ _____ when the car was gone.

10. 溫蒂謝謝老師給了她這個忠告。

    Wendy _____ the teacher _____ giving her the advice.

（解答請見p.45）

現在雖然大多數的人都有使用手機，但是你有注意過路邊偶爾出現的公用電話亭嗎？在國外，公用電話亭常會標示著**pay phone**字樣，**pay**是「付款；支付」的意思，也就是必須付費才能使用的電話。除此之外，**pay**在「支付」的定義上還有一些有意思的說法：

pay 人 (back) in 人's own coin 以其人之道，還治其人之身

拿某人特有的錢幣來支付某人，也就是說別人怎麼對待你，你就以相同的方式回報他，通常是指負面的狀況。

例：**We decided to pay him back in his own coin because he didn't help us then.**

我們決定以其人之道還治其人之身，因為他那時候也沒有幫助我們。

pay the piper 付出代價

piper是指「吹笛的人」，這典故來自以前有個小村落鼠滿為患，某天有位吹笛子的江湖藝人說他可以幫大家解決問題，於是條件談妥後他開始吹笛子，將所有的老鼠引到野外的懸崖跳下去。老鼠問題解決後，吹笛人要回去收錢，但是村裡的人認為他那麼輕鬆就解決問題所以耍賴不付帳，於是吹笛人又開始吹笛，這次換全村落的小孩跟著他到野外，因此**pay the piper**就有「付出代價」的意思。此外，還引申出**He who pays the piper calls the tune.**，意指付錢的是大爺，也就是出錢的人有權決定錢怎麼花這樣的說法。

例：**Fooling around for such a long time, it's time for you to pay the piper.**

閒混了那麼久，該是你付出代價的時候了。

rob Peter to pay Paul 借新債還舊賬；挖東牆補西牆

這句字面上是指「搶彼得的東西給保羅」，其實是因為當年倫敦聖保羅大教堂要修繕，而挪用了許多聖彼得大教堂的資產，因而有了這個說法。

例：**You shouldn't borrow money to pay your bills. It's just like robbing Peter to pay Paul.**

你不應該借錢來支付帳單。這簡直就是挖東牆補西牆。

If you pay peanuts, you get monkeys. 一分錢一分貨

如果你只願意支付花生當作酬勞，你就只能找到猴子來幫你了，所以一分錢只能換來一分貨，也就是說**You get what you pay for.**

例：**This project failed due to deficient funds and poor effort. Well, if you pay peanuts, you get monkeys.**

這個計畫因為資金不足與人力匱乏而失敗。好吧，一分錢一分貨。

1. (A)	2. (D)	3. (C)	4. (B)	5. (C)
6. either, or	7. getting used to	8. Running out of	9. think of	10. thanked, for

1. 人 + be afraid to + 原形動詞　**害怕去～**

📖 解釋：afraid為形容詞，表示「害怕的」，後方接不定詞to + 原形動詞，表示「害怕去做～，不願去做～」。

👉 同義：be afraid of + 名詞 / 動名詞 (害怕)

例：**My little sister is afraid to sleep alone.**
我的小妹很怕自己一個人睡。

2. 人 + be afraid of + 名詞 / 動名詞　**害怕**

📖 解釋：afraid為形容詞，表示「害怕的」，後以介系詞of接所害怕的事物。

👉 同義：be afraid to + 原形動詞 (害怕去～)

例：**Johnny is afraid of cockroaches very much.**
強尼非常怕蟑螂。

3. 人 / 物 + be famous for + 特質　**以～(特色)聞名**

📖 解釋：famous是形容詞，表示「有名的」，其後接介系詞for，表示「因為～而有名」。

例：**Paris is famous for the Eiffel Tower.**
巴黎以艾菲爾鐵塔聞名。

4. 人 / 物 + be famous as + 身分 / 地位　**以～(身分/地位)聞名**

📖 解釋：famous是形容詞，表示「有名的」，as之後接身分或地位，表示「某人或某物以某種身分或地位而知名」。

👉 同義：be well-known as + 名詞 (以～聞名)

例：**Cathy is famous as a peace-loving person.**
凱西以愛好和平聞名。

5. 人 + be excited about + 名詞　**對～感到興奮**

📖 解釋：情緒動詞以過去分詞當形容詞用時，用以表達人的感覺。excited形容的是人對事物感到興奮的情緒，其後以介系詞about接令人所感到興奮的事物。

👉 同義：be happy about + 名詞 (對～感到高興)

例：**I am excited about going to the zoo.**
我對於要去動物園感到很興奮。

6. 人 + be interested in + 名詞　對～感興趣

解釋：interest當動詞有「產生興趣」的意思，以被動形式be interested做為情緒動詞，用以形容人「對～感興趣」，其後介系詞用in。

例：I am not interested in math.
我對數學不感興趣。

7. 人 + be fond of + 名詞　喜愛

解釋：fond為形容詞，表示「喜愛的」，對於喜愛的事物則以介系詞of來連接。

同義：be fond of = like = enjoy = love（喜愛）

例：Rachel is fond of reading.
瑞秋很喜歡閱讀。

8. 人 + be glad to + 原形動詞　高興、願意做～

解釋：glad意思是「高興的」，其後接不定詞to + 原形動詞，表示「高興、願意去做～」。

例：I'm glad to join your team.
我很高興能加入你們的團隊。

9. be filled with + 名詞　充滿

解釋：fill為動詞，意思是「裝滿、填滿」，要以被動的be filled表示「被填滿」，後面以介系詞with接用以填滿的東西。

同義：be full of（充滿）

例：The garden is filled with many kinds of flowers.
花園裡充滿許多種類的花朵。

10. be full of + 名詞　充滿

解釋：full為形容詞，意思是「滿的；充滿的」，be full of其後接用來填滿的東西，表示「被～所填滿的」。

同義：be filled with（充滿）

例：Times Square is always full of people from all over the world for New Year's countdown.
紐約時代廣場每當跨年倒數時分總是擠滿來自世界各地的人。

🎯 Try it! 實戰練習題：

( ) 1. I am _____ to help you.

(A) good   (B) god   (C) grab   (D) glad

( ) 2. The room is _____ groceries.

(A) fill with   (B) full with   (C) filled with   (D) filled of

( ) 3. Gary is _____ of fishing.

(A) find   (B) fond   (C) found   (D) fake

( ) 4. Mother Teresa is famous _____ her kindness.

(A) as   (B) with   (C) for   (D) at

( ) 5. The members of the team were _____ about the result of the contest.

(A) exciting   (B) excited   (C) satisfying   (D) satisfied

6. 珊蒂害怕自己一個人看恐怖片。

Sandy is _____ _____ watching horror movies alone.

7. 凱文對高爾夫球非常感興趣。

Kevin is very _____ _____ golf.

8. 漢克斯先生以統計學專家聞名。

Mr. Hanks is _____ _____ a specialist in statistics.

9. 這間百貨公司星期日滿滿都是人潮。

The department store is _____ _____ people on Sundays.

10. 妹妹很害怕吃苦瓜(bitter melon)。

My younger sister is _____ _____ eat bitter melon.

（解答請見p.49）

full是形容詞表示「滿滿的」，而fill則是動詞「裝滿；填滿」的意思，當我們吃飽、肚子滿滿的時候，可以說I'm full.(我吃飽了)，因為肚子被塞得滿滿的，但是不能說I'm filled.，因為人不是充氣娃娃，不能「被」填滿。另外，關於full的用法還有：

人 + be full of oneself 　自以為了不起

be full of的意思是「裝滿了～」，如果一個人滿腦子只裝滿了自己，眼裡看到的都是自己而無視於別人，那就真的很「自以為了不起」了。

例：**No one likes Rod because he is always full of himself.**

　　沒有人喜歡洛德，因為他總是自以為了不起。

人 + be full of hot air 　滿口胡言，胡說八道

飛上天空的熱汽球總是要充飽了滿滿的熱空氣，才能輕飄飄的飛上天，因此如果人滿口都充滿了熱空氣，就像熱汽球內部空洞洞一樣，胡說八道、滿口胡言。

例：**I don't believe what he says. He's full of hot air.**

　　我不相信他說的話。他老是滿口胡說八道。

to have 人's hands full 　非常忙碌；毫無餘暇

中文有時候會用「八爪章魚」來形容人非常忙碌的樣子，那是因為事情多到兩隻手都不夠用了，而英文也是類似的說法，兩隻手都滿滿的，因此也就忙到毫無餘暇囉！

例：**Aunt Anna has her hands full with her five children.**

　　安娜阿姨非常忙碌地照顧她五個孩子。

see the glass as half full 　看事物的光明面

當我們看瓶子裡的狀態是看到瓶子已經呈現半滿，而不是看另外空著的那一半，比喻去看事物好的那一面，而不要注意不好的另一面。

例：**Don't be so pessimistic. Just see the glass as half full and you can go through the hard times after all.**

　　不要這麼悲觀。只要看看事情的光明面，你最後就可以度過艱困的日子。

1. (D)	2. (C)	3. (B)	4. (C)	5. (B)
6. afraid of	7. interested in	8. famous as	9. full of	10. afraid to

1. 人 + be tired of + 事　對～感到厭倦

📖 解釋：tired為「厭倦的、厭煩的」之意，表示「厭煩」時，後方以介系詞of接讓人感到厭煩的人事物，若為動作則要改為動名詞。

👉 同義：hate（動）討厭

例：Michael is tired of lying to his father.
麥可對於向他父親說謊感到厭煩。

2. 人 + be tired with + 事　對～感到疲勞

📖 解釋：tired表示「疲倦的」意思時，以with接讓人感到疲勞的人事物，若為動作則要改為動名詞。

例：Judy is tired with doing housework.
茱蒂對做家事感到很疲勞。

3. 人 + be surprised at / by + 名詞　對～感到驚訝

📖 解釋：surprise為動詞，表示「使某人感到驚訝」，以被動形式be surprised做為情緒動詞，用以形容人「對～感到驚訝」，其後以介系詞at或by接讓人感到驚訝的人事物。

👉 同義：be amazed at / by（對～感到驚訝）

例：I was surprised at his appearance.
我對於他的外貌感到驚訝。

4. 人 + be impressed with + 名詞　對～印象深刻

📖 解釋：impress為動詞，表示「使某人有印象」，以被動形式be impressed做為情緒動詞，用以形容人「對～印象深刻」，其後以介系詞with接讓人感到印象深刻的人事物。

例：All the judges were impressed with the little girl's performance.
所有的評審都對小女孩的表演印象深刻。

5. 人 + be careful of + 事物　小心

📖 解釋：careful意思為「小心的、注意的」，對於需要小心、注意的事物則以介系詞of來連接。

例：Mom always tells me, "Be careful of strangers."
媽媽總是告訴我：「小心陌生人。」

6. 人 + be / get ready to + 原形動詞　準備好去做～

📙 解釋 ：ready為形容詞「準備好的」，其後接不定詞to + 原形動詞，表示「準備好要去做～」的意思。

例 ：**Are you ready to propose to her?**
你準備好要向她求婚了嗎？

7. 人 + be / get ready for + 名詞　準備好去～

📙 解釋 ：ready為形容詞「準備好的」，其後以介系詞for接名詞，表示對所接事物已經「準備好」。ready後面也可以接不定詞to + 原形動詞，表示「準備好去做～」。

例 ：**I'm not ready for the meeting tomorrow.**
我還沒準備好明天的會議。

8. be / get + lost　迷路

📙 解釋 ：lost是動詞lose的過去分詞，在此做為形容詞用，意思是指「走失的、迷路的」。

😀 俚語 ：**Get lost!**（滾開！）

例 ：**It's easy to get lost if you aren't familiar with this area.**
如果你不熟悉此地區很容易迷路。

9. 主詞 + be popular with + 人　受～歡迎

📙 解釋 ：popular為形容詞「受歡迎的」，用with接人，表示「受某人的歡迎」。

例 ：**Taiwanese snacks in the night market are popular with foreigners.**
台灣的夜市小吃受到外國人歡迎。

10. 人 + be bitten on + 部位　身體某部位被咬

📙 解釋 ：bitten為動詞bite的過去分詞，意思是「被咬、被叮」，在被咬的部位前要接介系詞on。

💬 諺語 ：**Once bitten, twice shy.**（一朝被蛇咬，十年怕草繩。）

例 ：**The hunter was bitten on his arm by a snake.**
那名獵人被蛇咬到了手臂。

🎯 Try it! 實戰練習題：

( ) 1. My father is surprised _____ my decision.

    (A) with   (B) about   (C) at   (D) of

( ) 2. The little child _____ in the MRT station.

    (A) lost   (B) got loss   (C) get loose   (D) got lost

( ) 3. I think I am _____ the test.

    (A) dating with   (B) able to   (C) ready for

                                      (D) covered with

( ) 4. Both of us were bitten _____ the legs by mosquitoes last night.

    (A) in   (B) on   (C) with   (D) of

( ) 5. I am tired _____ my job.

    (A) of   (B) by   (C) about   (D) at

6. 小心那隻狗。

    Be _____ _____ that dog.

7. 山姆已經準備好要出門了。

    Sam is _____ _____ go out.

8. 這款新應用程式很受大學生的歡迎。

    The new app is very _____ _____ college students.

9. 老師們都對她的才華印象深刻。

    Teachers are all _____ _____ her talent.

10. 我真的對天天考試感到厭倦。

    I am really _____ _____ having tests every day.

（解答請見p.53）

如果我們身體的某個部位被咬到，可以用「**be bitten on + 身體部位**」來表達，**bitten**這個動作的原形是**bite**，意思就是「叮；咬」，而這個動作也可以再引申出相當多有意思的用法：

bite off more than 人 can chew　貪心不足蛇吞象

bite off的意思是「咬掉」，而**chew**則是指「咀嚼」，一次咬掉自己可以咀嚼的量，就是表示拿取了超過自己能夠負荷的程度，因此也就用來形容人因為貪心而多拿了自己無法承受的部分。

例：**I know you want to do something, but I think you should not bite off more than you can chew. You'll get exhausted.**

我知道你想要做些事，但我認為你不應該貪心。你會精疲力竭。

bite 人's tongue　忍住不說

tongue是「舌頭」，當舌頭被咬住的時候通常無法正常說話，因此如果一個人刻意咬住舌頭，就表示他有話卻必須忍住不說。

例：**His idea sounds stupid, but I have to bite my tongue.**

他的點子聽起來好蠢，但我必須忍住不說。

A barking dog never bites.　會叫的狗不會咬人、虛張聲勢

狂吠的狗雖然很惱人，但是狗狗吠叫通常是基於保衛防禦心理，因此這句話要表達的其實就和中文所說的一樣，會叫的狗不會咬人，多半只是虛張聲勢。

例：**He always says that he will call the police, but a barking dog never bites.**

他老是說他要報警，但他只是虛張聲勢。

人's bark is worse than 人's bite　雷聲大、雨點小

從**A barking dog never bites.**引申而來，只會叫不會咬人的狗，就像是只會說不會做的人一樣，只出一張嘴光說不練，因此做事也就雷聲大、雨點小囉！

例：**Don't pay attention to her words. Her bark is worse than her bite.**

不要聽她說的話。她總是雷聲大、雨點小。

1. (C)	2. (D)	3. (C)	4. (B)	5. (A)
6. careful of	7. ready to	8. popular with	9. impressed with	10. tired of

Unit 13 💿 Idiom13-Unit13

1. 人 + be active in + 事　某人對某事很積極

📖 解釋 ：active為形容詞，意指「積極的；活躍的」，其後以介系詞in接事物，表示「對某事物表現積極、活躍」。

例 ：Jenny is active in baking cakes.
珍妮很熱衷於烘培蛋糕。

2. 人 + be embarrassed about / at + 名詞 / 動名詞　對～感到困窘

📖 解釋 ：embarrass為情緒動詞，用過去分詞形式表示「(某人)感到困窘」，其後以介系詞about或at接讓人感到困窘、尷尬的事物，若為動作則要改為動名詞。

例 ：Frank was embarrassed about slipping in front of us.
法蘭克對於在我們面前滑倒感到尷尬。

3. 事 / 物 + be good for + 人　對～人有益

📖 解釋 ：good意思是「好的；有益的」，在good後面以介系詞for接人，表示「某事物對某人有益」。

例 ：Jogging is good for your health.
慢跑有益於你的健康。

4. 人 + be good at + 名詞 / 動名詞　很會做～；擅長～

📖 解釋 ：good為形容詞，在此意指「擅長的」，其後以介系詞at接所擅長的事物。

👉 反義 ：be bad at (不擅長～)、be poor at (拙於～)

例 ：Julie is good at cooking Thai food.
茱莉很擅長烹煮泰國菜。

5. 人 + be terrible at + 名詞 / 動名詞　對做～很不在行

📖 解釋 ：terrible為形容詞，表示「糟糕的」，其後以介系詞at接所不在行的事物。

👉 同義 ：be bad at (不擅長～)、be poor at (拙於～)

👉 反義 ：be good at (擅於～)

例 ：Lisa is terrible at managing her money.
麗莎對於管理錢財很不在行。

6. 人 + be frightened by + 名詞　被～嚇到

📖 解釋：frightened的意思是「受到驚嚇的」，be frightened是指「被～嚇到」，後方介系詞可用by接讓人感到驚嚇的事物。

👉 同義：be scared by + 名詞 (被～嚇到)

例：I was frightened by a giant cockroach.
我被一隻巨大的蟑螂嚇到。

7. 人 + be taken to + 地方　被帶到～地方

📖 解釋：taken為take的過去分詞，be taken to意思是「被帶去～」，後方通常接地點。

例：I dream of being taken to a wonderland someday.
我夢想有一天我會被帶到仙境。

8. 人 + be thankful for + 事　某人感謝某事

📖 解釋：thankful意為「感謝的」，後以介系詞for接主詞所感謝的事。

👉 同義：be grateful for (感謝)

例：You should be thankful for what you have now.
你必須對你現在所擁有的充滿感謝。

9. 人 + be thankful to + 人　感謝某人

📖 解釋：用thankful表達對某人的感謝時，以介系詞to接所感謝的人。

👉 同義：be grateful to (感謝)

例：I was thankful to my friend Amy for keeping me company.
我很感謝我的朋友艾咪的陪伴。

10. 人 / 物 + be followed by + 名詞　接著；跟著

📖 解釋：follow是「跟隨」，be followed意思是「被跟隨、接著」的意思，以by連接跟隨而來的人或事物。

例：The lightning was followed by thunder.
閃電之後緊接著是打雷。

Unit 13

( ) 1. I was _____ about the situation.

(A) entrance   (B) empty   (C) enhanced   (D) embarrassed

( ) 2. Eating vegetables is good _____ you.

(A) of   (B) for   (C) at   (D) with

( ) 3. Wilson said that he was _____ for the gift.

(A) thanks   (B) thank   (C) thanks to   (D) thankful

( ) 4. Paul does well in his studies and is _____ extracurricular activities.

(A) afraid of   (B) active in   (C) bad at   (D) bored with

( ) 5. Failure is _____ by his departure.

(A) fellow   (B) fellowed   (C) follow   (D) followed

6. 小男孩在放學後被帶到奶奶家。

The little boy was _____ _____ his grandma's place after school.

7. 我們被他的舉動嚇到。

We were _____ _____ his behavior.

8. 喬安娜不擅長做菜，但對吃東西卻很在行。

Joanna is _____ _____ cooking, but she is good at eating.

9. 我對我的父母充滿感謝。

I was _____ _____ my parents.

10. 瑞克很擅長打線上遊戲。

Rick is _____ _____ playing on-line games.

（解答請見p.57）

follow意思是「跟隨」，「**follow + 人**」就是指「跟隨某人」，有一首知名歌曲I will follow him.在60年代紅極一時，後來在90年代的電影「修女也瘋狂(Sister Act)」中再度引用這首歌做為主題曲，轟動一時。此外，動詞**follow**加上了字尾**-er**，就是指做出跟隨動作的人**follower**(追隨者、門徒、隨從)。

follow suit 　起而效尤

suit可以指「一套衣服」，在這裡則是指同花色的一組紙牌，**follow suit**是來自紙牌遊戲的說法，每個玩家都必須依據上一家所出的牌來決定自己要出什麼牌，因此引申出「起而效尤」的意思。

例：**The Lins went abroad for vacation, and the Lees followed suit.**
林家人出國去度假了，然後李家人也起而效尤。

follow the crowd 　站在大家那一邊；從眾

crowd當名詞有「人群；群眾」的意思，**the crowd**指的就是「大眾」，因此**follow the crowd**就是表示「跟隨著大眾；從眾」這樣的行為。

例：**Maria has her opinion on this issue; she doesn't follow the crowd.**
瑪利亞在這項議題上有自己的觀點；她不從眾。

follow up 　追蹤；進行後續動作

up做為副詞有「徹底地；完全地」的意思，**follow up**則是表示「持續地跟隨」，也就是「追蹤；進行後續動作」的意思。引申自**follow up**這個動詞片語，**follow-up**為名詞，意思就是「後續行動、接續的事」。

例：**My teacher wants me to follow up on the plan.**
老師要我追蹤這項計畫。

follow 人's heart 　跟著感覺走

一個人心裡怎麼想就怎麼做，意味著跟隨自己的心意，也就是「跟著感覺走」。

例：**He didn't know what to do, so he decided to follow his heart.**
他不知道要怎麼辦，所以他決定跟著感覺走。

1. (D)	2. (B)	3. (D)	4. (B)	5. (D)
6. taken to	7. frightened by	8. terrible at	9. thankful to	10. good at

1. 甲 + be different from + 乙　　甲和乙不同

📖 解釋：different為形容詞，指「不同的」，後接介系詞from，表示「和～不同」。

👉 反義：be the same as (和～一樣，與～相同)

例：Even though they're twins, Emma is quite different from Bella.
雖然她們是雙胞胎，但是艾瑪和貝拉很不一樣。

2. 甲 + be the same as + 乙　　甲和乙一樣

📖 解釋：same為形容詞，意為「相同的」，其後以as接所相同的人事物。

👉 反義：be different from (和～不同)

例：I'm the same age as you.
我和你同年。

3. 人 / 物 + be similar to + 名詞　　(人/物)和～類似

📖 解釋：similar意思為「相似的」，後面以介系詞to接所相似的人或物。

✗ 衍生：be the same as (和～一模一樣)

例：Sophie's beautiful blue eyes are similar to her mother's.
蘇菲美麗的藍眼睛和她媽媽的很像。

4. 人 + be dressed in + 服裝　　某人穿著～

📖 解釋：dress為動詞，原意是「穿著；打扮」，打扮自己通常用被動寫法「be動詞 + 過去分詞dressed」，其後以介系詞in接所穿著的服裝。

👉 同義：wear (穿著)

例：Steven was dressed in a tuxedo at the wedding ceremony.
史帝芬在結婚典禮上穿著晚禮服。

5. 人 + be touched by + 名詞　　對～覺得感動

📖 解釋：touched為touch的過去分詞，意思是「感動的」，be touched意為「被感動」，後面以by接引起感動的事物。

👉 同義：be moved by (被～感動)

例：Everyone in the theater was touched by the movie.
在戲院的每個人都被這部電影所感動。

6. 人 + be disgusted by + 名詞　對～感到厭惡、噁心的

解釋：disgust為動詞，意指「厭惡、討厭」，**be disgusted by**後接名詞，表示對某物或某事感到厭惡、噁心。

同義：feel sick（覺得噁心）、yucky（噁心的）

例：**We are all disgusted by violence.**
我們都對暴力感到厭惡。

7. 物 + be made from + 名詞　由～製成

解釋：make有「製造；構成」的意思，接在be動詞後用被動的形式，然後接介系詞 **from** 表示某物「由～製成」的意思。

注意：**be made from**用於指製成的東西與原料本質不同

比較：**be made of** + 名詞（由～材質製成）

例：**This painting is made from recycled paper.**
這幅畫是由回收廢紙做成的。

8. 物 + be rich in + 名詞　某物富含～

解釋：rich是「富有的；豐饒的」之意，**be rich in**表示「(某物)富含～」，後面要接所富含的東西。

反義：be poor in（缺乏）

例：**Spinach is rich in high nutrition.**
菠菜的營養價值很高。

9. 人 / 物 + be helpful to + 名詞　對～是有益的

解釋：helpful意指「有幫助的，有益的」，其後以介系詞**to**接名詞，表示「對～是有益的」。

同義：be good for（有益於；適於）

例：**Your advice is really helpful to our research.**
你的建議對我們的研究很有幫助。

10. 人 / 物 + be helpful for + 名詞 / 動名詞　對～是有益的

解釋：helpful意指「有幫助的，有益的」，要表示「對～是有益的」也可以在**helpful**後面接介系詞**for**，再接名詞或動名詞。

例：**Yoga is helpful for keeping in shape.**
瑜珈對於保持體態有幫助。

Unit 14

Try it!實戰練習題：

( ) 1. Many readers were _____ by the book.

    (A) touch   (B) touches   (C) touching   (D) touched

( ) 2. Wine is made _____ grapes.

    (A) from   (B) of   (C) with   (D) by

( ) 3. Eating vegetables is helpful _____ your health.

    (A) at   (B) of   (C) with   (D) to

( ) 4. Some people are _____ Chinese mushrooms.

    (A) disgusted by   (B) disgusted of   (C) digested at   (D) digested with

( ) 5. No matter how hard they tried, the duplicate is still different _____ the original one.

    (A) with   (B) of   (C) from   (D) by

6. 檸檬富含維生素C。

    Lemons are _____ _____ vitamin C.

7. 你提出的問題跟馬克一樣。

    Your question is _____ _____ _____ Mark's.

8. 她身著白色洋裝出席婚禮。

    She was _____ _____ white to the wedding ceremony.

9. 你的包包和我的很類似。

    Your bag is _____ _____ mine.

10. 天天喝牛奶有助於你長高。

    Drinking milk every day is _____ _____ you to grow tall.

（解答請見p.61）

touch的意思是「接觸；觸摸」，但是有一種植物卻叫做touch-me-not，按字面意思解釋就是「不要碰我」，這是鳳仙花的別稱，因為一旦去碰觸這種花的果莢，它的果實和汁液就會彈射開來，因此鳳仙花的英文名稱就叫做「touch-me-not(別碰我)」。其他有關touch的用法還有：

keep / stay in touch with 　保持聯絡

keep或stay的意思是「保持、持續」，和某人保持在持續接觸的狀態，也就是指「保持聯絡」的意思，在保持聯絡的對象前以介系詞with連接。

例：I still stay in touch with my friend after she moves to Japan.

在我的朋友搬到日本之後，我仍然跟她保持聯絡。

lose touch with = be out of touch with 　失去聯絡

相對於keep / stay in touch with（保持聯絡），與某人失去聯絡則是用lose touch with或be out of touch with來表達，因為lose和be out of皆是「失去；脫離」的意思。

例：I lost touch with my friend after we graduated.

畢業之後，我和朋友失去了聯絡。

touch a sore point 　碰到某人的痛處；踩到地雷

sore指的是「疼痛的」，因此去碰觸一個疼痛的點就如同踩到地雷，或是碰觸到某人的痛處，相同的說法還有「touch 人 on the raw (觸及某人的痛處)」。

例：Don't talk about Jimmy when you talk to her. You'll touch a sore point.

和她說話的時候別提到吉米。你會碰到她的痛處。

the Midas touch 　點石成金術

在希臘神話故事中，相傳Midas是一位擁有可以點石成金法力的國王，只要他碰過的東西都會變成黃金，因此the Midas touch也就被拿來形容非常會賺錢，就像擁有點石成金的能力一樣。

例：The real estate broker did have the Midas touch and he made a lot of money.

那名房屋仲介確實有點石成金的本事，而且他賺了很多錢。

1. (D)	2. (A)	3. (D)	4. (A)	5. (C)
6. rich in	7. the same as	8. dressed in	9. similar to	10. helpful for

1. 人 + be / make sure to + 原形動詞　務必要～

📖 解釋 ：sure意思是「確信的；可靠的」，be sure則表示「務必、確認～」，後面接不定詞to + 原形動詞，表示「務必、確定要去～」，通常用在命令句中。

👉 同義 ：have to (必須要)、must (必須)

例 ：**He is sure to take this challenge.**
他確定要接下這個挑戰。

2. 人 + be sure of + 名詞　確定～

📖 解釋 ：be sure除了可以接不定詞to + 原形動詞之外，也可以介系詞of接名詞，表示所確定的事。

👉 反義 ：be doubtful about + 名詞 (懷疑～)

例 ：**Are you sure of the reality of the story?**
你確定這故事的真實性嗎？

3. 人 + be / get confused about + 名詞 / 動名詞　對～感到困惑

📖 解釋 ：confused意為「困惑的」，以about接所困惑的事情，表示「對～感到困惑」，若為動作則要改為動名詞。

👉 同義 ：be puzzled by (對～感到困惑)

例 ：**Jack was confused about his employer's attitude.**
傑克對他雇主的態度感到困惑。

4. 人 + be worried about + 名詞 / 動名詞　對～感到擔心

📖 解釋 ：worried意為「擔心的」，以about接所擔心的事情，表示「對～感到擔心」，若為動作則要改為動名詞。

例 ：**Nick was really worried about his missing puppy.**
尼克很擔心他走失的小狗。

5. **be amused at + 名詞 / 動名詞**　對～感到愉悅

📖 解釋 ：amuse為動詞，意思是「使愉悅」，be amused則表示「對～感到愉悅」，後方以介系詞at接讓人感到愉悅的事物。

例 ：**She was amused at the pantomime.**
她被默劇逗樂了。

6. be bored by / with 　對～感到厭惡

📖 **解釋**：bore為動詞「使厭煩」的意思，**be bored**則是表示「對～感到厭煩」，對於感到厭煩的事物要用介系詞**by**或**with**來連接。

👉 **同義**：be tired of (對～感到厭煩)

👉 **反義**：be interested in (對～感興趣)

例：I was bored with my ordinary life.
我對平凡生活感到厭煩。

7. be covered with 　被～覆蓋

📖 **解釋**：cover當動詞有「覆蓋」的意思，**be covered**則表示「被覆蓋」之意，其後以介系詞**with**接用來覆蓋的東西。

例：The land was covered with snow.
大地被白雪覆蓋。

8. be crowded with 　擠滿著

📖 **解釋**：crowd做動詞有「擠滿」的意思，**be crowded**則指「被擠滿」，後面以介系詞**with**接名詞，表示「被～擠滿」。

👉 **同義**：be full of (充滿)、be filled with (充滿)

例：The hospital was crowded with injured people.
醫院擠滿了受傷的人們。

9. far behind 　遠遠落後

📖 **解釋**：behind是「在背後；落後」的意思，而形容詞far則是指「遙遠的」，因此**far behind**形容的就是相較於原訂進度已經「遠遠落後」的狀態。

例：You can't always stay far behind others.
你不能永遠落後他人。

10. far away 　在遠處

📖 **解釋**：far意思是「遙遠的」，away則可表示「離開；隔開～遠」，所以**far away**形容的就是「離得遠遠的、在很遠的地方」之意。

👉 **同義**：far from here (很遠)

例：When we called him, he was still far away.
我們打電話給他時，他還在很遠的地方。

Try it! 實戰練習題：

( ) 1. Wendy is _____ the drama, so she watches it every evening.

    (A) afraid of   (B) ready for   (C) bored by   (D) amused at

( ) 2. The progress is _____ the schedule.

    (A) far behind   (B) faraway   (C) as far as   (D) far away

( ) 3. The scientist was sure _____ the success of the research.

    (A) that   (B) of   (C) to   (D) for

( ) 4. Richard is _____ from us after he moved to Singapore.

    (A) distant   (B) distance   (C) far apart   (D) far away

( ) 5. The store is _____ shoppers.

    (A) crowding of   (B) crowd in   (C) crowded with   (D) crowded for

6. 桌面被報紙蓋住了。

    The desk was _____ _____ newspapers.

7. 他對打籃球感到厭煩。

    He was _____ _____ playing basketball.

8. 他很擔心他這次的考試。

    He was _____ _____ the test.

9. 離開前務必要關燈。

    Be _____ _____ turn off the light before you leave.

10. 他對這起事故感到疑惑。

    He was _____ _____ the accident.

（解答請見p.65）

far是形容詞表示「遙遠的」，**far away**則是「離很遠」的意思，在電影史瑞克裡，費歐娜公主的家鄉「遠得要命王國」，英文就叫做「**The Kingdom Of Far Far Away**」。此外，**far**搭配其他詞彙還有許多不同的用法：

far and near　到處

far是指「遠的」，而**near**則是指「近的」，又遠又近的也就是指「到處」的意思，與**everywhere**同義。

例：**People gathered from far and near to join the activity.**

人群從四面八方聚集過來參加活動。

So far, so good.　到目前為止一切都很好

so far意思是「到目前為止」，**So far, so good.**則是一句習慣用法，主要就是在別人問到近況時表達「到目前為止一切都很好」。

例：**A: How's your new job?　B: So far, so good.**

A:你的新工作還好嗎？　B:到目前為止一切都很好。

by far　很明顯；顯然最…的

by far做為副詞使用，表示在程度或份量上「很明顯；顯然～」的意思，類似的用法還有**far and away**也是用來表達「無疑地～」的意思。

例：**Julia is by far the most hard-working student in this class.**

茱莉亞顯然是班上最勤奮的學生。

as far as 人 know　據某人所知

as far as原本是依據空間上的距離，指「遠到～；一直到～遠」的意思，進一步衍生出「在某種程度上，盡～」的定義，因此**as far as** 人 **know**就是指「在某種程度上，某人所知」，也就是「據某人所知」的意思了。

例：**As far as I know, Jillian won't come to the party.**

據我所知，吉莉安不會來參加派對。

1. (D)	2. (A)	3. (B)	4. (D)	5. (C)
6. covered with	7. bored with	8. worried about	9. sure to	10. confused about

1. after all 畢竟

📖 解釋：after all通常置於句尾，若置於句首，則須以逗點與後方子句隔開。

例：**Although she looks mature, she's still a 15-year-old girl after all.**

雖然她看起來很成熟，但她畢竟只是個15歲的女孩。

2. above all 最重要的是

📖 解釋：above是指「在～上面」，above all意思等同於above all things，表示「在所有其他事情之上」，也就是「首先、最重要的是」之意，通常用於句首或句中，不放在句尾。

👉 同義：**most importantly**（最重要地）

例：**Above all, don't be late!**

最重要的是，不要遲到！

3. all over 遍及

📖 解釋：all over後面接名詞，表示遍佈在該名詞中。

👉 同義：**everywhere**（副）到處

✖ 衍生：**all over the country**（遍及全國）、**all over the world**（遍佈全世界）

例：**Convenience stores are all over Taiwan.**

便利商店遍及台灣。

4. all the time 一直；總是

📖 解釋：all the time為副詞片語，通常置於句末，表示「一直；向來」的意思。

💡 注意：time前面雖然有all，但是time表示「時間」時，不可加s。

👉 同義：**always**（副）總是

例：**You can't keep complaining about others all the time.**

你不能總是一直抱怨別人。

5. all day / year long 一整天／年

📖 解釋：long做副詞有「始終」的意思，all day或all year加上long，表示一整天或一整年，day與year不能加s。

👉 同義：**all the day**（一整天）、**all the year**（一整年）

例：**Ryan was playing video games all day long.**

萊恩一整天都在打電動。

6. along with + 名詞　和～一起；配合

解釋：along做為副詞有「一起；帶著」的意思，與介系詞with連用則表示「和～一起」。

類似：together with (連同；和)

例：I will come along with my parents.
我會和我爸媽一起去。

7. and so on　等等；諸如此類

解釋：and so on置於句子裡的所有選項之後，表示「等等、諸如此類」。

同義：and so forth (等等)

例：We have many choices, such as fried rice, beef noodles, dumplings and so on.
我們有很多選擇，有炒飯、牛肉麵、水餃等等之類。

8. by the way　順便一提

解釋：by the way為慣用語，可用在改變話題或順帶一提的事情之前。

例：By the way, will you come with us?
順帶一提，你會和我們一起去嗎？

9. a long way to go　好長的路要走

解釋：a long way to go按字面解釋即表示「很長的一段路要走」，因此這片語可以指實際上的路程，也可以用來指抽象的時間。

例：Before we reach the first village, we still have a long way to go.
在我們抵達第一個村莊前，還有好長一段路要走。

10. for a long time　很久

解釋：此片語中的time指「～的期間」，因此for a long time指的就是「經過很長的一段時間」，通常和現在完成式連用。

衍生：long time ago (很久以前)

例：They have known each other for a long time.
他們已經認識彼此很久了。

Unit 16

Try it! 實戰練習題：

( ) 1. All my roommates went _____ my sister to see a movie last night.

    (A) along with   (B) along   (C) apply for   (D) as long as

( ) 2. In a department store, you can buy clothes, toys, electronic appliances _____.

    (A) and others   (B) anything else   (C) what else   (D) and so on

( ) 3. Don't let her carry such a heavy bag. _____, she is so petite.

    (A) After all   (B) Above all   (C) And   (D) Or

( ) 4. He is strong, tall, and, _____, handsome.

    (A) after all   (B) above all   (C) at last   (D) however

( ) 5. I always dream about traveling _____.

    (A) in the world   (B) all the world   (C) all over   (D) all over the world

  6. 順帶一提，我沒帶鑰匙出門。

    _____ _____ _____, I forgot to take the keys with me.

  7. 約翰一整天都在唸書。

    John studied _____ _____ _____.

  8. 爸爸總是一直很忙。

    Dad is busy _____ _____ _____.

  9. 蒂娜已經在這裡工作很久了。

    Tina has worked here _____ _____ _____

    _____.

  10. 對他來說要完成那個企劃，還有很長一段路要走。

    There is _____ _____ _____ _____

    _____ for him to finish the project.

（解答請見p.69）

way原意是指「道路」，後來也引申出「方法」的定義，在電影「侏儸紀公園（**Jurassic Park**）」裡有一句經典名言：**Life will find its way out.**，意思就是「生命會自己找到出路」。藉由「道路」或「方法」的定義，**way**也可變化出很多有趣的說法：

No way. 不可能、不可以

如果走到連路都沒有了會是什麼情形呢？**No way.**是口語中的慣用法，意思就是告訴別人，這是「不可能」的！

例：**"No way!" said Vicky when I asked her to lend me some money.**
　　當我要跟維琪借些錢時，維琪說：「不行。」

rub 人 (up) the wrong way 惹惱

rub意思是「摩擦」，有些毛茸茸的動物喜歡別人撫摸，不過一旦沒有用對方法，或是沒有順著牠們的毛撫摸，反而可能惹惱牠們，所以這個片語指的就是惹惱或觸怒別人的意思。

例：**He is not very friendly, so don't try to rub him up the wrong way.**
　　他並非很友善，所以不要嘗試去惹惱他。

lose 人's way 迷路

lose的意思是「遺失；輸掉」，一個人把自己的路都弄丟了，其實就是指「迷路」，意思等同於**get lost**。

例：**We lost our way when we traveled in the city.**
　　我們在遊覽這座城市的時候迷路了。

Where there is a will, there is a way. 有志者，事竟成。

為了鼓勵人有毅力、有決心，就一定能達成目標，中文說「有志者，事竟成」，英文也是告訴人只要有毅力決心，就一定能夠找到通往成功的道路。

例：**I believe I can travel around the world someday. Where there is a will, there is a way.**
　　我相信有一天我能夠環遊世界。有志者，事竟成。

---

1. (A)	2. (D)	3. (A)	4. (B)	5. (D)
6. By the way	7. all day long	8. all the time	9. for a long time	10. a long way to go

Unit 17 ◎ Idiom17-Unit17

1. again and again　再三地

🔖 解釋▶：again為副詞，表示「再一次」，後接and again表示重覆加強的語氣，意思是「一再地～」。

📄 例：Emily tries again and again to get the perfect recipe.
艾蜜莉為了達到最完美的食譜一再地嘗試。

2. at least　至少

🔖 解釋▶：least是形容詞little的最高級，表示「最小；最少」，at least的意思就是「至少；起碼」。

👉 反義▶：at most（最多）

📄 例：According to this prescription, you should take these pills at least twice a day.
根據處方，你一天至少必須服藥兩次。

3. be going to + 原形動詞 = be gonna + 原形動詞　會；要；將要

🔖 解釋▶：「be going to + 原形動詞」表示該動作即將就要發生，be gonna則是be going to的口語說法，意思是「將～」，其後接原形動詞。

👉 同義▶：will + 原形動詞（將～）

📄 例：I'm going to visit my grandparents this weekend.
這週末我將要去拜訪我的祖父母。

4. break 人's heart　使(某人)傷心

🔖 解釋▶：break作為動詞有「打破；碎裂」的意思，因此「break 人's heart」就是指「打破某人的心」，也就是使某人傷心的意思。

📄 例：Jason broke my heart deeply.
傑森深深地傷了我的心。

5. can't help + 動名詞　忍不住～

🔖 解釋▶：can't help為「忍不住」之意，後方接動名詞以表示因忍不住而做的動作。

👉 同義▶：can't help but + 原形動詞（忍不住）

📄 例：She couldn't help crying after her boyfriend proposed to her.
她男友向她求婚後，她忍不住哭了。

6. can't live without 　沒有～不行

📖 **解釋**：can't live是「不能活」的意思，後以介系詞without接名詞，表示「沒有～就不能活」。

📝 **例**：**One of my friends said that he can't live a life without computers.**
我有一位朋友說他不能過沒有電腦的生活。

7. 人 + be doing fine 　(某人)目前很好

📖 **解釋**：進行式「be動詞 + 現在分詞」表示某人目前正在進行的動作或持續的狀態，**be doing fine**意思為「做得很好」，引申為「(狀況)很好」。

👉 **同義**：**fine**(很好)、**pretty good**(很不錯)

📝 **例**：**Tyler is doing fine at his job.**
泰勒目前工作表現良好。

8. 事 + be done 　(某事被)完成

📖 **解釋**：done為do的過去分詞，「be動詞 + 過去分詞」為被動語態，表示主詞的事情「被做完、被完成」。

👉 **同義**：**be finished**(被完成)

📝 **例**：**There is a lot of homework to be done.**
還有很多功課要做。

9. 人 / 物 + be gone 　不見了

📖 **解釋**：gone為go的過去分詞，當形容詞時指「不見了的」，因此「人/物 + be gone」表示「(某人或某物)不見了」。

👉 **同義**：**disappear**(消失)

📝 **例**：**I found my purse was gone after a man bumped into me.**
在一個男人撞到我之後，我發現我的錢包不見了。

10. 物 + be sold out 　被賣光

📖 **解釋**：sold為sell的過去分詞，用被動語態be sold也就是表示「被賣」的意思，後面接out表示「賣光了」。

👉 **同義**：**be out of stock**(售完、賣光)

📝 **例**：**The tickets for the concert were sold out within 30 minutes.**
這場演唱會的門票在30分鐘之內就賣光了。

Try it! 實戰練習題：

( ) 1. It is _____.

    (A) done   (B) to do   (C) do   (D) did

( ) 2. You have to choose _____ two parts of the assignment to do.

    (A) at first   (B) at once   (C) at least   (D) at large

( ) 3. He is _____ release his new album.

    (A) going   (B) go   (C) gone   (D) going to

( ) 4. The sofa we saw last time has been _____.

    (A) picked up   (B) sold out   (C) made of   (D) popular with

( ) 5. Maggie's behavior _____ her mother's heart.

    (A) break   (B) broke   (C) have broken   (D) was broken

6. 別一再犯同樣的錯誤。

    Don't make the same mistake _____ _____ _____.

7. 我昨天買的蛋糕不見了！

    The cake I bought yesterday _____ _____!

8. 法蘭克說他不能沒有佩蒂。

    Frank said he couldn't _____ _____ Patty.

9. 我目前很好。別擔心我。

    I am _____ _____. Don't worry about me.

10. 她忍不住哭泣因為她最愛的寵物過世了。

    She can't _____ _____ because her favorite pet is dead.

（解答請見p.73）

gone是動詞go的過去分詞,也可以當形容詞用,指「不見了、過去了」。經典小說「飄」(後來被改編成知名電影「亂世佳人」),原著名稱就叫做「**Gone with the Wind**(隨風而逝)」。

gone to meet 人's Maker 蒙主恩召;去見上帝

Maker在這裡指的是造物主,也就是上帝,**gone to meet 人's Maker**其實是用比較委婉甚或是有點幽默的口吻指稱「死亡」這件事情,讓人可以不用那麼嚴肅地談論死亡。

例:**After fighting against cancer for years, Peggy had gone to meet her maker.**

經過數年的抗癌之後,佩姬已經離開人世。

be lost and gone forever 永遠離去

forever意思是「永遠」,而lost和gone則都可指稱「遺失」或「逝去」,所以**be lost and gone forever**除了表示東西一去不復返之外,也可以非常委婉地用來表達某人過世。

例:**My pet fish was lost and gone forever.**

我的寵物魚永遠地離我而去了。

be gone but not forgotten (人/事)會過去,記憶卻會永留存

有些人、有些事即便消逝了,依舊會留存於人們的心目中,因此就算消失了(gone),但是不會被遺忘(but not forgotten)。

例:**My grandpa used to be a great soccer player. He is gone but not forgotten.**

我爺爺過去曾是很厲害的足球選手。他辭世了,但卻活在我們心目中。

here today, and gone tomorrow 要就要快、要就趁現在;只有現在,以後就沒了

這句話按字面翻譯即「今天在,明天就不見了」,也就是提醒人很多事物都是稍縱即逝,把握機會就要快、要趁早,不然一旦錯過就來不及囉!

例:**This sale price for the bike is here today, and gone tomorrow.**

這輛單車的拍賣價只有現在才有,以後就沒了。

1. (A)　　　　2. (C)　　　3. (D)　　　4. (B)　　　5. (B)
6. again and again　7. was gone　8. live without　9. doing fine　10. help crying

1. best of all　最棒的是～

📖 **解釋**：best為形容詞good的最高級，意為「最好的」，後接of all表示「所有裡面最好的」，也就是指「最棒的是～」。

👉 **反義**：worst of all（最糟的是～）

例：Best of all, we won the tickets to the Theme Park.

最棒的是，我們贏得了去主題樂園的門票。

2. 物 + catch fire　著火

📖 **解釋**：catch做為動詞有「抓住、捕獲」的意思，「catch fire」按字面解釋是「抓到火」，也就是指「著火」的意思。

👉 **同義**：be on fire（著火）

例：The driver had gotten out of his car before it caught fire.

那名駕駛在他車子著火前逃了出去。

3. catch the ball　接到球

📖 **解釋**：catch的意思是「接住；抓到」，catch the ball即為「接到球」。

👉 **反義**：miss the ball（漏球）

例：As soon as he caught the ball, he threw it back to me.

他一接到球，就將球丟還給我。

4. catch the bus　趕上公車

📖 **解釋**：catch除了有「抓到」的意思之外，尚可解釋為「趕上、及時趕到」，因此「catch the bus」按字面解釋是「抓到公車」，也就是「趕上公車」的意思。

例：I caught the bus just in time.

我剛好來得及趕上公車。

5. 事 + come to an end　完畢；終止

📖 **解釋**：come to an end表示「某件事來到結束」，也就是完畢、終止。

👉 **同義**：finish（結束）

例：This scandal finally came to an end after he was jailed.

這件醜聞在他被關入監獄後終於結束了。

6. 人 + be sure + that子句　　某人很確定～

解釋：sure的意思是「確信的；可靠的」，而that子句表達的是一個完整的事情，因此be sure接that子句就是指「對於某件事情很確定」的意思。

反義：doubt（懷疑）

例：I am sure that I won't go out with you.
我確定我不會和你出去。

7. 人 + be glad + that子句　　很高興

解釋：glad為形容詞，意思是「高興的」，其後接that子句來表達讓人感到高興的事物。

例：I am glad that you could show up tonight.
我很高興今晚你能出現。

8. check it out　　查查看

解釋：check的意思是「檢查」，check out可以指「退房」，也可以指「查證某事」，中間加上代名詞it，表示「查查看某事」。

例：You had better check it out first.
你最好先查查看。

9. check 人's email　　上網收信

解釋：check為「檢查」，check 人's email意思是「檢查電子郵件信箱」，也就是指「上網收信」。

例：Kate checks her email every day.
凱特每天都上網收信。

10. 人 + be動詞 + from + 地點　　來自～地方

解釋：from為介系詞，意思是「從～來」，前面可加come或直接以be動詞表示某人來自何地、國家、城市等。

同義：come from（來自～）

例：That girl is from Canada, not from America.
那女孩是來自加拿大，不是美國。

Try it! 實戰練習題：

( ) 1. I am sure _____ the thief is still on the bus.

(A) that　　　　(B) of　　　　(C) to　　　　(D) for

( ) 2. You may _____ to see if I'm lying to you.

(A) check over　　(B) check stub　　(C) check wallet　　(D) check your email

( ) 3. The manager had the clerk _____ thoroughly.

(A) check it on　　(B) check it out　　(C) check it in　　(D) check it off

( ) 4. Among all the apples, the ones in the basket are the _____.

(A) good of all　　(B) better of all　　(C) best of all　　(D) well of all

( ) 5. Don't sleep late or you won't _____ the bus.

(A) catch　　　　(B) match　　　　(C) get　　　　(D) have

6. 湯姆很高興一些朋友幫他辦生日派對。

Tom was _____ _____ some of his friends held a birthday party for him.

7. 凱西是我班上的新同學。她來自日本。

Cathy is the new classmate in my class. She _____ _____ Japan.

8. 這棟大樓昨晚起火。

This building _____ _____ last night.

9. 嘉年華會最後終於結束了。

The carnival _____ _____ _____ _____ at last.

10. 一旦外野手接到球，那個球隊就會拿下總冠軍。

Once the outfielder _____ _____ _____, the team will win the championship.

（解答請見p.77）

catch是「捕獲；抓住」的意思，「接球」我們說catch the ball，那catch the sun「抓住太陽」其實指的就是「被曬黑」。此外，突然看到某件事物或人則可以說catch a glimpse of或catch sight of接名詞。這個字的片語很多，常見的還有：

catch some Zs 　打個盹、小睡片刻

通常我們在漫畫裡頭看到有人睡著，他的頭旁邊一定畫了幾個大大小小的Z，因此當我們說某人catch some Zs時，其實就是指他在睡覺或是打個盹、小睡片刻。

例：I am so tired. I need to catch some Zs.

我好累。我需要小睡片刻。

catch 人's eye 　吸引某人注意

抓住了某人的眼睛就好比吸引住他的目光一般，這個情形可不像突然看見或匆匆一瞥那樣，是真的把某人的注意力都給hold住了哩！

例：While I was walking on the street, a man in a silver undershirt caught my eye.

我走在街上時，有個穿銀色汗衫的男子吸引住我的目光。

catch 人's breath 　喘口氣；(因恐懼、震驚等)屏息

breath是指「呼吸，氣息」，抓住某人的呼吸可不是指掐著人的脖子，這個片語指的是跑步後喘口氣，或是因為恐懼、震驚等情形而屏氣凝神的樣子。

例：After I ran for twenty minutes, I stopped for a while to catch my breath.

在我跑了二十分鐘後，我停了一下來喘口氣。

Catch you later. 　等會見

這句話如果按字面翻譯意思是「晚一點再去抓你」，但其實並不是真的要去抓人，只是口語上為了短暫分離而說的告別語，意思就是不會分開太久，過一會兒就又可以見面了。

例：A: I have to go to the library first. See you.　B: Okay. Catch you later.

A: 我必須先去圖書館。再見。　B: 好。等會見。

1. (A)	2. (D)	3. (B)	4. (C)	5. (A)
6. glad that	7. is/comes from	8. caught fire	9. came to an end	10. catches the ball

Unit 19 🔘 Idiom19-Unit19

1. before long 　不久
📖 解釋 ：long在這個片語中做名詞用，有「長時間」的意思，before long為時間副詞片語，通常置於句末，表達「不久以後；很快」的意思。

👉 同義 ：soon (不久、馬上)
　例 ：We are going to America before long.
　　　我們不久後要去美國。

2. by then 　到那時候
📖 解釋 ：介系詞by接時間，表示「直到~」的意思，then是指「那時」，兩字連用也就是表達「直到那時」。

　例 ：You will understand what I meant by then.
　　　你到時候會了解我的意思。

3. day after day 　日復一日
📖 解釋 ：after意思是「在~之後」，day after day就是指「一天之後又有一天」，也就是「日復一日」的意思。

✖ 衍生 ：day by day (每天)
　例 ：She studies hard day after day in order to be admitted to a better university.
　　　她日復一日地用功讀書，為了進入更好的大學。

4. day and night 　日以繼夜
📖 解釋 ：day為「白天」，night為「晚上」，day and night表示「白天和晚上連在一起」，也就是「日以繼夜」的意思。

　例 ：The police work day and night to find out who the killer is.
　　　警方日以繼夜地工作，為了要找出誰是兇手。

5. do 人's best 　盡全力
📖 解釋 ：best為形容詞good的最高級，意為「最好的」，「do 人's best」表示「去做到某人最好的狀態」，因此就是「盡全力」的意思。

👉 同義 ：try 人's best (盡全力)
　例 ：Everybody should do his best to save the environment.
　　　每個人都該盡全力去保護環境。

6. **do 人's part** 盡本分

🔍 **解釋**：part意思是「部分」，「do 人's part」表示「做好自己的那一部分」，也就是「盡本分」的意思。

📝 **例**：**You should do your part as a father.**
你要盡好做父親的本分。

7. **人 + be put to death** 某人被處死

🔍 **解釋**：put的過去分詞還是put，以被動語態「be put to death」是表示「(某人)被放到死亡之中」，也就是指「(某人)被處死」。

📝 **例**：**The murderer will be put to death at midnight.**
那名兇手會在今天午夜被處死。

8. **cross the street** 過馬路

🔍 **解釋**：cross當動詞時，表示「穿越」，因此「cross the street」就是表達「過馬路」的動作。

📝 **例**：**When you cross the street, make sure the traffic light is green.**
過馬路的時候，要注意是否為綠燈。

9. **take exercise** 做運動

🔍 **解釋**：exercise當名詞有「運動；鍛鍊」的意思，要表達「做運動」時，動詞可搭配take或get。

📝 **例**：**Taking exercise regularly is good for your health.**
規律的運動有助於身體健康。

10. **fall asleep** 睡著

🔍 **解釋**：形容詞asleep的意思是「睡著的」，因此fall asleep就是指這種「掉入睡眠的狀態」，也就是指「睡著了」。

📝 **例**：**Evan was so tired that he fell asleep quickly.**
伊凡累到馬上就睡著了。

Try it! 實戰練習題：

( ) 1. You should _____ exercise more.

   (A) run   (B) work   (C) play   (D) take

( ) 2. We all _____ asleep during the first class of the afternoon.

   (A) feel   (B) felt   (C) fell   (D) fallen

( ) 3. You will be thankful to me by _____.

   (A) then   (B) than   (C) them   (D) there

( ) 4. Please do your _____ to play the game.

   (A) better   (B) best   (C) beast   (D) good

( ) 5. Everyone has to do his _____ to achieve the goal.

   (A) part   (B) port   (C) party   (D) past

6. 我們不久後就要移民到加拿大了。

   We will immigrate to Canada _____ _____.

7. 他因為謀殺而被處死。

   He was _____ _____ _____ because of the murder.

8. 不要日復一日遊手好閒。

   Don't fool around _____ _____ _____.

9. 過馬路時要小心一點。

   Be careful when you _____ _____ _____.

10. 他日以繼夜地準備期末考。

   He prepared for his final exam _____ _____ _____.

（解答請見p.81）

cross是「穿越」，也可以說是「打交叉、畫十字」，由於這個字當名詞時就是指「十字」或「十字架」，所以十字路口就是crossroads，直的、橫的格子交叉而成的「猜字謎」就叫做crossword，刺繡裡的「十字繡」就叫做cross-stitch，這個字衍生出來的片語也很多：

cross out 　刪去；劃掉
這個片語指的就是在一個東西上劃叉叉，然後將它剔除，也就是「刪去；劃掉」的意思。

例：**She crossed out the redundant lists.**
她將多餘的名單刪除。

cross 人's fingers 　祈求好運
在國外，一個人交叉食指和中指就是代表祈求好運的意思，因此有時候小孩子如果說謊，也會用這個動作來保佑自己不被處罰。由這個片語也衍生出另一個用法，即keep 人's fingers crossed「某人持續保持著手指交叉」的姿勢。

例：**The only thing we can do is to cross our fingers and wait.**
我們能做的就只是祈求好運並等待。

a cross 人 have / has to carry 　揹著某人的十字架；承擔責任
cross做名詞就有「十字架」的意思，因此一個人必須揹負著十字架就意味著「某人必須承擔責任」，我們也可以用carry 人's cross來表達同樣的意思。

例：**Since I am the only child in my family, looking after my parents is a cross I have to carry.**
因為我是家裡的獨生子，照顧我父母就成了我必須承擔的責任。

cross a / that bridge when 人 come to it 　船到橋頭自然直
這句話的意思是當某人走到橋頭時，就直接跨過橋吧，意味著順著路走，前方都還是會有路的，也就是「船到橋頭自然直」的意思。相對地，如果是cross the bridge before 人 come to it，那就是「杞人憂天」囉！

例：**Don't worry about the weather. We can cross that bridge when we come to it.**
不用擔心天氣。船到橋頭自然直。

| 1. (D) | 2. (C) | 3. (A) | 4. (B) | 5. (A) |
| 6. before long | 7. put to death | 8. day after day | 9. cross the street | 10. day and night |

Unit 20  Idiom20-Unit20

1. each other 　互相；彼此

解釋：each other通常用來指「兩者之間互相～」，做為動詞或介系詞的受詞。

衍生：one another (互相～，通常指三者以上)

例：They have known each other since elementary school.

他們從國小就互相認識了。

2. excuse me 　對不起；抱歉

解釋：excuse當名詞為「藉口」，當動詞為「原諒」，excuse me也就是「原諒我」、「抱歉」的意思。

同義：pardon me (抱歉)

例：Excuse me, this seat is taken.

不好意思，這位置有人坐了。

3. even though 　即使

解釋：even though為連接詞片語，表示「即使」，記得同一句中不可再出現but。

例：I won't forgive you even though you have already apologized to me.

即使你已經道歉，我還是不原諒你。

4. even worse 　更嚴重

解釋：worse是bad的比較級，意思是「更糟的」，用even「甚至」來加強語氣。

例：After I seasoned the soup, the flavor became even worse.

湯的味道在我調味後變得更糟了。

5. do + 人 + good 　對某人有益

解釋：「事 / 物 + do + 人 + good」是表示「某事/某物對某人有益」的意思。

同義：be good to + 人 (對某人有好處)、be helpful to + 人 (對某人有益)

例：Taking exercise will do you good.

做運動對你有益處。

6. do business　做生意

解釋：business意思是「生意」，要表達「做生意」動詞用do表示。

例：Fred is really good at doing business.
弗列德真的很會做生意。

7. do well on + 事　把～做好

解釋：well是副詞，這裡修飾do，表示「做得很好」，用介系詞on接某事。

例：I always do well on my English tests.
我英文考試總是考得很好。

8. enjoy oneself　玩得開心

解釋：enjoy是指「享受」，oneself是反身代名詞表示「自己」，enjoy oneself意思是「享受自己」，也就是「玩得開心」之意。

同義：have fun = have a good time（玩得開心）

例：I really enjoyed myself at the party.
我真的在派對上玩得很開心。

9. come to life　復活

解釋：come to life按字面解釋就是「回來到生命」，因此引申為「復活」的意思。

例：The princess came to life by a kiss.
這公主因為一個吻而復活了。

10. 事 + come true　實現

解釋：true意指「真實的，確實的」，當事情來到真實的狀態，就表示事情已經「實現」了，所以come true即是「實現」的意思。

例：I wish all my dreams would come true one day.
但願有一天我所有的夢都能實現啊！

Try it! 實戰練習題：

( ) 1. You always _____ everything.

(A) do you good   (B) do you bad   (C) do on well   (D) do well on

( ) 2. Jessie ran into a big problem when _____ business.

(A) does   (B) doing   (C) done   (D) did

( ) 3. Everyone hopes his dream may come _____ someday.

(A) actual   (B) real   (C) true   (D) through

( ) 4. Even _____ he was sick, he still went to school.

(A) though   (B) through   (C) thought   (D) although

( ) 5. We have to help _____ from now on.

(A) every other   (B) each other   (C) each another   (D) one other

6. 那隻垂死的狗又活過來。

The dying dog _____ _____ _____ again.

7. 因為我昨晚熬夜，感冒症狀更嚴重了。

The symptoms of illness are getting _____ _____ because I stayed

up late last night.

8. 玩得開心點。這是考試前最後一次的假期了。

_____ _____. It is the last vacation before the exam.

9. 每天吃維它命對你有益。

Taking vitamins every day _____ _____ _____.

10. 抱歉，請拿走你的書。

_____ _____, please take your books with you.

（解答請見p.85）

business是指商業，也可以指工作、事務，我們常看到這個字都與商務或工作有關，比如說 **business card**指的就是一般職場上代表個人職務頭銜的名片，而航空公司一般為了服務商務旅客，在飛機客艙內也有介於頭等艙與經濟艙之間所謂的**business class**(商務艙)，其他關於**business**的用法還有：

get down to business   開始做正事
一般為了區別輕鬆的談話與嚴肅正式的討論，可以使用這個片語來轉換話題或氣氛，表示要開始認真從事正經的事了。

例：**"Let's get down to business." said Brenda, after we had some chitchat.**
在閒聊之後，布蘭達說：「我們開始做正事吧！」

mix business with pleasure   寓娛樂於工作
pleasure的意思是「愉悅；樂趣」，而「**mix 甲 with 乙**」是表示「將甲與乙混合在一起」，因此能夠將工作職務與樂趣混合在一起，就好像「寓娛樂於工作」。

例：**David likes to travel. He got a new job as a tour guide. It enables him to mix business with pleasure.**
大衛喜歡旅行。他的新工作是做一名導遊。這讓他可以寓娛樂於工作。

business is business   在商言商
中文說「親兄弟，明算帳」，意思就如同「就事論事」，英文則說Business is business.(在商言商)，也就是公事公辦、不論情理的意思。

例：**Even though he is your brother, I still can't lower the price. Business is business.**
即使他是你哥哥，我還是無法降價。在商言商。

mind your own business   不要管閒事
mind在這裡是做動詞「注意；關心」解釋，而「所有格 + own」的用法則是指「～自己」，因此**mind your own business**就是要別人管好自己的事，不要多管閒事的意思。此外，要人別管閒事也可以說**none of your business**，意思就是「沒有你的事、不關你的事」。

例：**A：I think you'd better move out.   B：Mind your own business.**
A：我認為你最好搬出來。   **B**：你不要管閒事。

---

1. (D)	2. (B)	3. (C)	4. (A)	5. (B)
6. came to life	7. even worse	8. Enjoy yourself	9. does you good	10. Excuse me

1. **blow 人's nose** 擤鼻涕

📓 解釋：blow是「吹」，nose是「鼻子」，鼻子吹氣的意思就是指「擤鼻涕」。

例：**I kept blowing my nose because I got a cold.**
因為感冒，我一直擤鼻涕。

2. **甲 + blow kisses to + 乙** 甲對乙送飛吻

📓 解釋：blow是「吹」，kiss是「親吻」，將親吻吹向某人，也就是送飛吻的意思。

例：**Tracy blew kisses to a stranger and made him blush.**
崔西對一個陌生人送飛吻並讓他臉紅了。

3. **face to face** 面對面

📓 解釋：face是「臉」，face to face按字面解釋是「臉對臉」，也就是「面對面」的意思。

👉 同義：nose to nose

例：**I need to talk to you face to face.**
我需要和你面對面說話。

4. **follow the rules** 遵守規定

📓 解釋：follow是動詞「跟隨」，rule是名詞「規則」，follow the rules也就是「遵守規定」的意思。

例：**Everybody needs to follow the rules if they want to join the club.**
想要加入社團的每個人都需要遵守規則。

5. **eat out** 外食

📓 解釋：out意思是「在外面」，「eat out」在外面吃也就是「外食」的意思。

👉 同義：dine out（外食）

例：**Nowadays, more and more people tend to eat out rather than cook at home.**
現今越來越多人傾向於吃外食，而不是在家煮飯。

6. create a habit 養成習慣

解釋：create是指「創造」，habit是「習慣」，創造一個習慣也就是「養成習慣」。

反義：break a habit (戒除習慣)

例：Mom had me create a habit of getting up early every day.
媽媽要我養成每天早起的習慣。

7. keep + 動名詞 繼續做～

解釋：keep意思是「保持、繼續」，後面加動名詞表示持續做的動作。

例：Keep exercising, and you will lose weight.
持續運動，那麼你就能減肥。

8. bring + 事 / 物 + closer 使～靠近

解釋：closer為close的比較級，意思是「較靠近」，bring…closer也就是「使某物靠近一點」。

例：Please bring the light closer. I can't see anything.
請把燈拿近一點。我什麼都看不到。

9. come for a visit 來作客

解釋：come是指「來到」，for則是表示「目的」，visit意思是「訪問」，come for a visit就是「為了拜訪而來」，也就是「來作客」的意思。

例：Charles is planning to come for a visit to Taiwan from America.
查爾斯計劃從美國來台灣作客。

10. DIY = Do It Yourself 自製的；自己動手做

解釋：DIY是Do It Yourself的縮寫。Do是「做」，yourself則是反身代名詞，表示「你自己」，do it yourself是「你自己做」，也就是「自己動手做」的意思。

例：Edison made a DIY birthday card for me.
愛迪生親手做了一張生日卡片給我。

Unit 21

Try it! 實戰練習題：

( ) 1. Students away from home have to _____ every day.

    (A) eat in   (B) eat out   (C) eat with   (D) eat snacks

( ) 2. The pretty _____ card is made by Linda.

    (A) MIT   (B) MRT   (C) BOT   (D) DIY

( ) 3. The performer _____ kisses to the audience.

    (A) blew   (B) kissed   (C) gave   (D) took

( ) 4. Daisy kept _____ to music when we called her name.

    (A) listen   (B) listens   (C) listening   (D) listened

( ) 5. Leo has _____ a habit of jogging in the morning for years.

    (A) become   (B) grown   (C) made   (D) created

6. 如果你想加入我們，請遵守規定。

    If you want to join us, please _____ _____ _____.

7. 他們通常都是面對面做生意。

    They usually do business _____ _____ _____.

8. 這些學生從美國遠道來台灣作客。

    These students _____ _____ _____ _____ to

    Taiwan from America.

9. 可以給我一些衛生紙嗎？我想擤鼻涕。

    Can you give me some tissues? I want to _____ my _____.

10. 他將信件拿近看清楚點。

    He _____ the letters _____ to see clearly.

（解答請見p.89）

相信大家在學習英語時都聽過一句諺語 "An apple a day keeps the doctor away.",這句諺語主要是表達,如果我們每天都吃一顆蘋果,由於蘋果的營養很多,可以讓我們保持健康,讓我們遠離醫生囉。keep就是表示「持續;保持」,關於keep的用法還有很多:

keep + 形容詞　保持某種狀態

keep有「持續;保持」的意思,因此後面如果接動作,就表示持續進行那個動作,如果接形容詞則表示持續保持某種狀態。

例：**Our teacher asked us to keep quiet in class.**
老師要我們在課堂上保持安靜。

keep 人's mouth shut　保持沉默

shut意思是「關上、閉上」,一個人如果持續把嘴巴閉得緊緊的,那要怎麼說話呢?所以這個片語的意思就是形容某人保持沉默囉。

例：**Jim was threatened by the gangster to keep his mouth shut.**
吉姆被那名流氓威脅要保持沉默。

keep 人's chin up　不氣餒

chin是指「下巴」這個部位,把下巴抬得高高的,那個樣子看起來雖然有點高傲,卻也是一種自信的表徵,因此某人持續把下巴抬高,也就表示不氣餒唷。

例：**After my failure in the contest, Mom encouraged me to keep my chin up.**
比賽落敗後,媽媽鼓勵我不要氣餒。

keep a secret　保守秘密

secret是「秘密」,而keep a secret就是要人保守秘密,另外有個有趣的說法under the rose指的也是「秘密地;私下地」,所以在玫瑰底下進行的事都是秘密喔。

例：**Rachel wanted me to keep a secret for her.**
瑞秋要我替她保守秘密。

keep early hours　早睡早起

早睡早起精神好,early是形容詞表示「早的」,每天都維持早睡早起可是一項好習慣。

例：**Grandma keeps early hours because she used to work on a farm.**
奶奶習慣早睡早起,因為她過去常到田裡工作。

---

1. (B)　　　2. (D)　　　3. (A)　　　4. (C)　　　5. (D)
6. follow the rules　7. face to face　8. come for a visit　9. blow, nose　10. brings/brought, closer

Unit 22 Idiom22-Unit22

1. cut + 名詞 + into pieces 把～切成一片一片

解釋：piece是指「一張、一片」，複數pieces也就是「許多片」的意思，「cut + 名詞 + into pieces」表示「將某物切成一片一片」。

例：I cut the pizza into pieces.
我把披薩切成一片一片。

2. from + 名詞 + to + 名詞 從～到～

解釋：「from ~ to ~」意思是「從～到～」，接地點表示「從某地到另一地」，接時間表示「從幾點到幾點」。

例：The final sale is from this Friday to next Thursday.
最後折扣從這星期五開始到下星期四為止。

3. from mouth to mouth 廣為流傳

解釋：「from ~ to ~」是指「從～到～」，而mouth是「嘴巴」，一件事情從一個嘴巴傳到另一個嘴巴，也就是「廣為流傳」的意思。

例：The gossip between Carol and Ben has been spread from mouth to mouth.
卡蘿和班的八卦已經廣為流傳。

4. from time to time 有時；偶爾

解釋：「from ~ to ~」是指「從～到～」，而time是「時間」，從這個時間到另一個時間，意指「有時候」。

同義：sometimes (有時)

例：We go out for a feast from time to time.
我們有時會去吃大餐。

5. have nothing to do with + 名詞 和～無關

解釋：nothing是指「沒有事」，have nothing to do with表示「某事和～沒有關係」。

例：I had nothing to do with the scandal.
我和這個醜聞沒有關係。

6. have something to do with + 名詞　和～有關

🔖 解釋 ：something是指「某事」，have something to do with表示「某事和～有關」。

例 ：**His success has something to do with his hard work.**
他的成功和勤奮有很大的關係。

7. give + 人 + a hand　幫忙某人

🔖 解釋 ：give是「給」，hand是「手」，「給人一隻手」意思就是「幫手、幫忙」。

例 ：**I gave my mother a hand at decorating the cake.**
我幫忙媽媽裝飾蛋糕。

8. give + 人 + a big hand　給某人掌聲

🔖 解釋 ：「give + 人 + a hand」是表示「幫某人一個忙」，但「a big hand」的意思則是「鼓掌」，因此「give + 人 + a big hand」就是「給某人鼓掌」。

例 ：**All the audience gave the singer a big hand.**
所有觀眾都給這歌手掌聲鼓勵。

9. fall on hard times　面臨、過著苦日子

🔖 解釋 ：fall on是表示「落在～」，hard times則意指「艱苦的時期」，因此fall on hard times的意思就是「面臨苦日子」。

例 ：**Bill fell on hard times during his childhood.**
比利童年時期過的很辛苦。

10. by oneself　靠自己地；獨力地

🔖 解釋 ：by的意思是「藉由、靠著」，接反身代名詞，也就是表示「靠著某人自己、獨力地」。

👉 同義 ：**on one's own** (靠某人自己)

例 ：**Can you finish this report by yourself?**
你可以獨立完成這份報告嗎？

🎯 Try it! 實戰練習題：

( ) 1. We have many kinds of breakfast. You can choose _____ sandwiches _____ dumplings.

   (A) from; into   (B) from; to   (C) since; into   (D) since; to

( ) 2. Wendy _____ the kiwi(奇異果) _____ pieces.

   (A) cut; into   (B) cut; down   (C) cut; off   (D) cut; X

( ) 3. He had fallen _____ hard times since he went bankrupt.

   (A) off   (B) in   (C) on   (D) up

( ) 4. Everyone stood up and gave the respectable actor _____.

   (A) a hand   (B) a big hand   (C) a big head   (D) a head

( ) 5. I'd love to give you _____ whenever you need it.

   (A) a big hand   (B) a big head   (C) a head   (D) a hand

6. 這小男孩獨自做完成功課。

   The little boy finished his homework_____ _____.

7. 他的下個月要結婚的消息已經廣為流傳。

   The news that he will get married next month has been spread_____

   _____ _____ _____.

8. 我們一致認為他的失敗與他的個性有關。

   We all think his failure has _____ _____ _____

   _____ his personality.

9. 海倫有時會沿著河邊騎腳踏車。

   Helen rides a bicycle along the river_____ _____ _____

   _____.

10. 威利解釋他與破掉的窗戶無關。

   Willy explained that he had _____ _____ _____

   _____ the broken window.

（解答請見p.93）

要表達「從～到～」可以用「from ～ to ～」來表示，如果接地點就表示「從某地到另一地」，若接時間則表示「從某個時間到另一個時間」，形容一件事情從一張嘴傳到另一張嘴：from mouth to mouth是「廣為流傳」的意思，而from ～ to ～還有很多有趣的用法：

from top to toe 從頭到腳

top是「頂部；頭頂」的意思，toe則是指「腳趾頭」，from top to toe就是表達「從頭到腳」並引申出「完全地」的意思。

例：**The stranger stared at me from top to toe.**
那個陌生人把我從頭到腳打量了一番。

from soup to nuts 從頭到尾；一應俱全

soup是「湯」，nuts則是「堅果」，如花生、核桃等，from soup to nuts是指餐桌上從第一道湯到最後一道堅果無奇不有、應有盡有，用來形容事情從頭到尾，或是物品一應俱全。

例：**The newly-opened hardware store sells everything from soup to nuts.**
那家新開的五金行販售各式零件工具一應俱全。

from door to door 挨家挨戶地

家家戶戶都有大門，從這一扇門到另一扇門，就好像從一戶人家到下一戶人家，這樣挨家挨戶地拜訪著。

例：**Those kids trick-or-treated from door to door.**
那些孩子挨家挨戶地玩著「不給糖就搗蛋」的遊戲。

go from bad to worse 每況愈下

bad是「壞的」，worse則是bad的比較級「更差的」，描述事情從壞的變得更糟，就是指「每況愈下」。

例：**His health went from bad to worse after the accident.**
他的健康狀況在意外之後就每況愈下。

laugh from ear to ear 咧嘴而笑

ear是耳朵，如果一個人的嘴笑開到嘴角從左耳裂到右耳，那會是多麼地開懷大笑呀。

例：**When she knew she won the lottery's top prize, she laughed from ear to ear.**
當她知道她中了樂透彩頭獎時，她咧嘴而笑。

---

1. (B)　　　2. (A)　　　3. (C)　　　4. (B)　　　5. (D)　　　6. by himself
7. from mouth to mouth　8. something to do with　9. from time to time　10. nothing to do with

1. so... + that子句　如此～以致於～

解釋：so表示「如此的」，其後接形容詞再接that子句，表示造成的結果。

例：**She is so stingy that no one wants to be her friend.**

她是如此小氣，以致於大家都不想和她做朋友。

2. too...to + 原形動詞　太～而無法～

解釋：too意思是「太～」，其後接形容詞再接不定詞to + 原形動詞。

例：**The food is too spicy to eat.**

這食物不能吃因為太辣了。

3. make up 人's mind　某人下定決心

解釋：make up意指「立定(主意、決心)」，mind則表示「心意」，所以「make up 人's mind」也就是指「某人下定決心」的意思。

例：**Once he has made up his mind, no one can stop him.**

只要他下定決心，沒有人可以阻止他。

4. continue + 動名詞 / to 原形動詞　繼續；不停

解釋：continue後面接動作表示「繼續做～」，後面可加動名詞或不定詞to + 原形動詞。

同義：keep + 動詞ing (繼續)

例：**He continued playing video games after his mom banned him.**

在他媽媽禁止他後，他還是繼續打電動。

5. enough to + 原形動詞　足以～

解釋：enough是指「足夠的」，形容詞要放在enough之前，後方用不定詞to + 原形動詞表示「足夠～可以去～」。

例：**Her hair is long enough to make a wig.**

她的頭髮長到足以做一頂假髮。

6. as you know 　如你所知

📖 解釋：此處的**as**為連接詞，表示「如同～一樣」。

✖ 衍生：**as everyone knows** (如同每個人所知)

例：**As you know, we are twins, but we're quite different.**

如你所知，我們是雙胞胎，但是我們很不一樣。

7. believe it or not 　信不信由你

📖 解釋：**believe it or not**為口語，表示「雖然令人難以相信，但事實上的確如此」的意思。

例：**Believe it or not, I've seen ghosts once.**

信不信由你，我曾有一次看過鬼。

8. in time 　及時

📖 解釋：在限定時間內完成某事或達到某地，用**in time**來表示「及時」，如果要表示剛好準確地在原定時間完成，則用**on time** (準時)來表示。

例：**Jane handed in her final report just in time.**

珍及時交了她的期末報告。

9. look on the bright side 　看光明面

📖 解釋：**the bright side**意指「由喜悅或希望照亮的光明面」，動詞用**look on**表示「看到」，這個片語特別是指在不好的狀況中，要保持樂觀態度，看到人生光明的那一面。

例：**Be positive. You should learn to look on the bright side.**

正面一點。你要學著看事情的光明面。

10. have a good time 　玩得開心

📖 解釋：**good time**表示「好時光」，**have a good time**按字面解釋是「擁有一段很好的時光」，因此形容人對自己做的事情感到很愉快，或是玩得很開心，可以用「**have a good time**」這個片語來表示。

👉 同義：**have fun** (玩得開心)

例：**I really had a good time with you.**

我和你真的玩得很開心。

Try it! 實戰練習題：

( ) 1. _____, we are in big trouble now.

　　(A) As long as　　　(B) At least　　　(C) At first　　　(D) As you know

( ) 2. The factory continued _____ the river.

　　(A) pollute　　　(B) pollutes　　　(C) polluting　　　(D) polluted

( ) 3. He is old _____ take responsibility.

　　(A) so that　　　(B) in order to　　　(C) enough to　　　(D) capable to

( ) 4. Thank God you came here _____.

　　(A) in time　　　(B) off time　　　(C) at time　　　(D) up time

( ) 5. Have you made _____ your mind to take the challenge?

　　(A) of　　　(B) up　　　(C) from　　　(D) on

　6. 信不信由你，我沒有拿走你的錢。

　　_____ _____ _____ _____, I didn't take your

　　money.

　7. 艾芙琳是個總是看到事情光明面的樂觀女孩。

　　Evelyn is an optimistic girl who always _____ _____ the bright side of

　　everything.

　8. 那個拼圖太複雜了，以致於沒有人可以完成它。

　　The jigsaw is _____ complicated _____ no one can complete it.

　9. 凱薩琳高中時期過得很開心。

　　Catherine had _____ _____ _____ in high school.

　10. 那個衣櫥太重，我一個人搬不動。

　　The wardrobe is _____ heavy for me _____ move alone.

（解答請見p.97）

面對猶豫不決的事情時，我們常常需要下定決心來解決這種搖擺不定的情勢，**make up** 人's **mind**這個片語正是表達這種心意決斷的狀態，其實**make up**還有很多其他的定義：

make up a story 編造故事

make up有「編造」的意思，**make up a story**就是指「編造故事」，意味著捏造一些並非真實的事情。

例：**Billy made up a story about a visit from aliens.**
比利編造了一個有關外星人造訪的故事。

put on the makeup 化妝

make up這個片語也有指「化妝」這個動作，而**makeup**則是做為名詞，可以指「化妝」或是「化妝品」，要將化妝品塗搽在臉上，就像穿戴衣物或是面具一樣，動詞要用**wear**或是**put on**。

例：**Vicky is putting on makeup for the party tonight.**
維琪正在為了今晚的派對化妝。

a makeup exam 補考

在**make up**的定義中，還有表示「補償」的意思，做為名詞的**makeup**，同樣也可表達這個含意，不過主要表達的其實是學生因為缺考或考試不及格，因而必須參加的「補考」。

例：**We'll have a makeup exam for English next week.**
我們下禮拜會有一場英文科的補考。

too good to be true 好的令人難以置信

當故事被編造得太美好而好到令人難以置信的時候，我們可以用**too good to be true**來表示，**too ~ to ~** 的意思就是「太～而無法～」，因此當事物因為太好而無法成真時，也就令人難以置信囉。

例：**The new house by the lake is too good to be true.**
那棟湖邊的新房子真的好的令人難以置信。

1. (D)	2. (C)	3. (C)	4. (A)	5. (B)
6. Believe it or not	7. looks on	8. so, that	9. a good time	10. too, to

Unit 24 Idiom24-Unit24

1. **spread to** 傳開；蔓延

📖 解釋：spread本身就有「延伸；展開」的意思，後接介系詞to有表示「蔓延、擴散到～地方」的意思。

例：The smell of curry had spread to the house.
咖哩的香味傳到屋子去。

2. **take a rest** 休息

📖 解釋：rest做名詞意思是「休息、休養」，要表示「休息」這個動作，動詞要用take，記得rest前面要加上冠詞a。

👉 同義：take a break（休息片刻）

例：Don't let anyone bother me. I need to take a rest.
別讓任何人吵我。我需要休息。

3. **When it comes to...** 當提到～

📖 解釋：When it comes to通常是表示在談話或是撰寫的過程中，提到某個主題時，藉此延伸對此主題的看法及態度。

例：When it comes to basketball, Jeremy is always full of energy.
當提到籃球，傑瑞米總是充滿精力。

4. **Here come(s) + 名詞** ～來了

📖 解釋：以here為首的句子，是將地方副詞移到句首，如果主詞是一般名詞，則句子要倒裝，也就是先寫動詞再寫主詞，若主詞是代名詞，則句子不需倒裝。

例：Here comes the bus, and we'll all get on it.
公車來了，我們都會上車。

5. **in danger of + 名詞 / 動名詞** 處於～的危險之中

📖 解釋：danger意思是「危險」，in danger of後接名詞表示「處於～的危險之中」。

例：People in some countries are in danger of having a famine.
某些國家的人們正處於飢荒的危險中。

6. ask if + 子句　問看看是否～

解釋：此處的if為連接詞表示「是否～」，後方引導表示條件的子句。

例：He asked if he could have another day off.

他問問看他是否可以多休一天假。

7. what if　假使～又如何呢

解釋：what if之後接主詞＋動詞的子句，表達「如果～的話，怎麼辦呢？」的意思，其實 what if是「what would / will you do if ＋ 子句」在口語上的省略說法，if在 這裡作連接詞表示「如果、假如」之意。

例：What if he doesn't come? Will you call him?

假使他沒有來又如何呢？你會打電話給他嗎？

8. have to + 原形動詞　必須

解釋：have to的意思是「必須」，當主詞是第三人稱單數時，則需用has to ＋ 原形動詞。 相較於同樣也是表達「必須」的must，使用have to來表達時語氣則委婉多了。

例：You have to apologize to her.

你必須要向她道歉。

9. would like to + 原形動詞　想要～

解釋：「would like to ＋ 原形動詞」的意思相當於「want to ＋ 原形動詞」，但是 would和could一樣，通常用於較有禮貌或比較客氣的請求。

同義：want to ＋ 原形動詞

例：I would like to go shopping with you, but I can't.

我很想和你一起去逛街，但我不行。

10. on sale　特價中；拍賣中

解釋：on sale表示商品正在銷售，或是用比平常還要低的價格出售。

例：During Christmas holidays, a lot of goods are on sale.

聖誕假期時有很多商品都在特價。

Unit 24

(　) 1. I will _____ you can come with us to the beach.

　　(A) as if　　　　　(B) ask if　　　(C) ask　　　　(D) ask for

(　) 2. You _____ do this.

　　(A) don't have　　(B) don't have to　(C) not have　　(D) not have to

(　) 3. What _____ she doesn't find out the truth? Will you tell her?

　　(A) though　　　　(B) as　　　　　(C) of　　　　　(D) if

(　) 4. Being out of season, those clothes are now on _____.

　　(A) sail　　　　　(B) sell　　　　(C) sale　　　　(D) sold

(　) 5. Keep your voice down, because grandma is taking a _____.

　　(A) rest　　　　　(B) rust　　　　(C) lest　　　　(D) trust

6. 伍迪和巴斯光年來了，他們是我最愛的動畫人物。

_____ _____ Woody and Buzz Lightyear; they are my favorite

animation characters.

7. 這座山目前有山崩的危險。

The mountain is now _____ _____ _____ landslide.

8. 她這週末想和她朋友去看電影。

She _____ _____ _____ go to the movies with her

friends this weekend.

9. 當提到哈利波特，他對故事情節瞭若指掌。

_____ _____ _____ _____ Harry Potter, he

knows everything about the storyline.

10. 那致命的病毒已經擴散到全世界。

The fatal virus has _____ _____ the whole world.

（解答請見p.101）

對於購物狂(shopaholic)來說，看到sale這個字是會讓人激發腎上腺素、興奮莫名的，這意味著商品正在折價拍賣中，因此見到百貨公司或是大賣場張貼sale等字樣或廣告，總是可以看到有些人磨刀霍霍，準備大血拼囉。

have a sale 商家舉行大拍賣

要表達商家目前有拍賣活動，動詞可以用have，而百貨公司通常一年一度會有個週年慶的活動，在那段期間很多商品都會特價拍賣，有許多消費者也都會趁此瘋狂血拼一番唷。

例：**The department store will have a sale tomorrow.**
那間百貨公司明天會舉行大拍賣。

yard sale 庭院拍賣會

庭院拍賣會有時候也稱為**garage sale**(車庫拍賣會)，一般都是家庭或個人已經不需要或是用不到的二手物品，有的社區或家庭會在固定的時間舉辦這類拍賣會，讓這些堪用的二手物品不至於被丟棄或閒置，而繼續發揮它們的功用。

例：**There is usually a yard sale in our community in spring.**
我們社區春天通常會舉辦庭院拍賣會。

clearance sale 清倉大拍賣

clearance是「清掃、清除」的意思，通常店家如果要結束營業或搬家，大多會舉辦這類清倉大拍賣的活動，將未出售的商品低價銷售，以減少貨品搬運或處理的費用。

例：**The bookstore around the corner is moving away, so there is a clearance sale now.**
轉角那家書店要搬走了，所以現在正在舉行清倉大拍賣。

R.I.P. = rest in peace 安息

一般我們在聽到某人過世的訊息時，常會看到有人簡短的回應**R.I.P.**，這三個字母是**rest in peace**的縮寫，**rest**是指「休息」，而**peace**則有「平靜；安祥」的意思，因此**rest in peace**就是希望死者安息之意。

例：**Mr. Jefferson has passed away. May he rest in peace.**
傑佛遜先生已經過世了。願他安息。

1. (B)	2. (B)	3. (D)	4. (C)	5. (A)
6. Here come	7. in danger of	8. would like to	9. When it comes to	10. spread to

Unit 25 ● Idiom25-Unit25

1. **have been to** 曾經去過

📖 解釋：「have + 過去分詞」是現在完成式的用法，表示已經完成的事情，而 **have** 接 **be** 動詞的過去分詞 **been**，然後在 **to** 的後面接地點，則表示主詞「曾經去過」某個地方。

例：**I have been to this place in my dreams.**
我在夢中曾經去過這個地方。

2. **make a deal** 做個交易

📖 解釋：**deal** 做為名詞就有「交易」的意思，所以 **make a deal + with** 接人或組織就表示「與～做個交易」。

例：**Don't make a deal with the devil; you may lose your mind.**
別和惡魔做交易；你可能會迷失你自己。

3. **fall through** 失敗；無法實現

📖 解釋：**fall** 有「降落；跌倒」的意思，而 **through** 則表示「穿越；通過」，引申有「通透；徹底」之意，因此 **fall through**「徹底跌倒」就是表達計畫或理想失敗，無法實現而成為泡影的意思。

例：**Due to financial crisis, their business plan fell through in the end.**
由於財務危機，他們的事業計畫最後無法實現。

4. **try one's best** 盡力而為

📖 解釋：**try** 有「嘗試、試圖」的意思，**best** 則是指「最好的、最佳的」，一個人嘗試將最好、最佳的一面展現出來就是表示「盡力而為」。

👉 同義：**do one's best**（盡力）

例：**No matter what happens, try your best!**
無論如何，盡力做到最好！

5. **in fact** 事實上，實際上

📖 解釋：**fact** 的意思是「事實、實情」，**in fact** 做為副詞片語通常放在句首，表示「事實上，實際上」。

例：**In fact, I don't think he likes me.**
事實上，我不認為他喜歡我。

6. in other words 換句話說

📖 解釋 ：介系詞in在這裡是指「用、以(方法、手段)」的意思，other words則指「其他的話」，in other words按字面解釋就是表示「用其他的話」，也就是「換句話說」的意思。

例 ：**She is picky about what she eats; in other words, she is on a diet.**
她很挑剔食物；換句話說，她正在減肥。

7. no wonder 難怪

📖 解釋 ：**no wonder**表示「難怪、不足為奇」的意思，原本寫法是it is no wonder，省略了it is。**no wonder**後面通常接that引導的名詞子句，that可以省略。

例 ：**You treat him so bad; no wonder he doesn't want to invite you to his party.**
你對他這麼壞，難怪他不想邀請你去他的派對。

8. so far 到目前為止

📖 解釋 ：**so far**可放在句首、句中或句尾，表示「到目前為止」，做為時間副詞與現在完成式或現在簡單式連用。另外，也可表示「到這裡、到這種程度」的意思。

例 ：**So far Wade has eaten three burgers and five pieces of fried chicken, but he still feels hungry.**
到目前為止，偉德已經吃了三個漢堡、五塊炸雞，但他還是覺得很餓。

9. to be honest 老實說

📖 解釋 ：**honest**的意思是「誠實的；坦率的」，**to be honest**通常放在句首，用以強調所言出自真心。

例 ：**To be honest, I don't think you fit in this pink dress.**
老實說，我覺得你穿這件粉紅洋裝不好看。

10. in order to 為了

📖 解釋 ：**in order to**表示「為了、以便」的意思，後接原形動詞，**in order to**的否定形式是**in order not to**。

例 ：**I study hard in order to be admitted to a better university.**
我努力讀書是為了進到一所更好的大學。

Try it! 實戰練習題：

( ) 1. James showed us that _____ everything is fine.

    (A) far behind   (B) far away   (C) so far   (D) so long

( ) 2. She forgot to bring her passport; in _____, she couldn't catch the plane.

    (A) another word   (B) other word   (C) another words   (D) other words

( ) 3. We painted a bright color in _____ to give the house a new look.

    (A) order   (B) older   (C) other   (D) wonder

( ) 4. Their travel plans fell _____ because of airlines strikes.

    (A) off   (B) over   (C) through   (D) asleep

( ) 5. They are trying to make a _____ with the international company.

    (A) dear   (B) deal   (C) deer   (D) real

  6. 艾瑪告訴我們她從未去過故宮博物院。

    Emma told us she had never _____ _____ National Palace Museum.

  7. 老實說，我們都認為他沒有說實話。

    _____ _____ _____, we all think he didn't tell the truth.

  8. 她已經病了一個月，難怪看起來那麼虛弱。

    She has been sick for a month; _____ _____ she looks so weak.

  9. 事實上，沒有人相信他見過外星人。

    _____ _____, no one believes that he has met aliens.

  10. 儘管我們輸了比賽，我們已經盡力了。

    Although we lost the game, we had _____ _____ _____.

（解答請見p.105）

deal做為名詞就是指「交易」，通常也是表達交易的雙方為了完成買賣等行為，進行條件與需求的溝通，當雙方對於彼此提出的條件與需求取得協議的話，那麼交易也就可以順利拍板定案囉！關於deal的用法還包括以下這些：

It's a deal. 一言為定。
當我們能夠接受對方開出的條件，而願意與對方完成交易，就可以用這句It's a deal.來表達「一言為定」的意思。

例：**"It's a deal." said Mandy after long hours of negotiation with George.**
與喬治經過長時間的談判之後，曼蒂說：「一言為定。」

no big deal 沒什麼大不了
有時候事情並沒有別人想像的那麼了不起，我們就可以說no big deal，好像我們也沒有完成什麼了不起的大交易一樣，這句話有時也可用來安慰受到打擊的人，告訴他們事情並沒有那麼嚴重，沒什麼大不了的。

例：**It's no big deal for me to eat so much pepper.**
吃這麼多胡椒對我來說沒什麼大不了。

a great deal 大量的
要表示東西有「很多」，可以用many、much或a lot of等字詞或片語來表達；除此之外，a great deal也有同樣的意思，我們還可以在a great deal後面接of + 名詞，表達該名詞的數量很多。

例：**Mom put a great deal of chopped onion into the soup.**
媽媽在湯裡放了大量的碎洋蔥。

a sweet deal 划算的交易！
sweet除了表示味覺「甜甜的」之外，也有「令人愉悅的」意思，因此a sweet deal就是表達交易結果令人相當滿意，也就令人覺得划算囉。

例：**Julie made a sweet deal with Hannah by selling her a handmade dress.**
茱莉賣給漢娜一件手工縫製的洋裝，並完成一筆划算的交易。

| 1. (C) | 2. (D) | 3. (A) | 4. (C) | 5. (B) |
| 6. been to | 7. To be honest | 8. no wonder | 9. In fact | 10. tried our best |

1. had better + 原形動詞 　最好

📖 解釋 ：**had better**為固定片語用法，表示「最好」的意思，用於提出建議和發出間接命令等。經常與主詞縮寫成「主詞'd better」的形式，沒有時態變化，其後接原形動詞。

例 ：**You had better clean your room before Mom gets angry at you.**
你最好在媽生氣前把房間整理乾淨。

2. not really 　並不完全是

📖 解釋 ：**really**的意思是「真的；確實」，**not really**則表示「並不完全是」，有時用來表達比較委婉的否定語氣。

例 ：**What you had seen was not really true.**
你所看到的並不完全是真的。

3. not...at all 　一點也不

📖 解釋 ：**at all**為副詞片語，與**not**否定句連用表達加強語氣，表示「一點也不、完全不」的意思。

例 ：**The weather is not hot at all; instead, it's really cold.**
天氣一點也不熱；相反地，其實很冷。

4. get into trouble 　惹上麻煩

📖 解釋 ：**trouble**有「麻煩，困擾」的意思，**get into**則表示進入某種狀態，或陷入某種處境，而「陷入麻煩的處境」就是指「惹上麻煩」。

例 ：**Don't get yourself into such trouble.**
別讓你自己惹上這種麻煩。

5. nothing but 　只有；只不過

📖 解釋 ：**nothing**有「沒什麼；一點也不」的意思，而**but**在這裡是介系詞意思是「除～之外」，相當於**except**的意思，因此**nothing but**按字面解釋為「什麼都沒有，除～之外」，一般就解釋為「只有；只不過」之意。

例 ：**Nothing but some pills can ease my headache.**
只有藥可以減緩我的頭痛。

6. **take it easy** 放輕鬆

解釋：**easy**做為副詞意思是「不費力地；從容地」，請某人把東西從容地、不費力地拿起來，意思就是要對方「放輕鬆」。

例：**Take it easy! It's not that hard.**
放輕鬆！其實沒那麼難。

7. **take…for example** 以～為例

解釋：**example**是「例子；範例」，而**for example**是「例如」的意思，**take**則指「拿，取」。**take…for example**這個片語所表達的就是「拿～為例子，以～為例」的意思。

例：**Take Helen for example, she failed many times but she never gave up.**
以海倫為例，她失敗很多次但她從不放棄。

8. **by + (not) + 動名詞** 藉由(不)做～來

解釋：**by**意思是「透過、藉由」，後方要接動名詞，若為否定，則後方要加**not**再接動名詞，表示「靠著不～來～」。

例：**She lives a healthy life by not staying up late.**
她藉由不熬夜來維持健康生活。

9. **in a hurry** 匆忙地

解釋：**hurry**做為名詞意思是「急忙；忙亂」，而**in a hurry**指的就是「處於一種急忙、忙亂的狀態」，也就是「匆匆忙忙地」的意思。

例：**I left my cell phone at home because I was in a hurry to go out.**
我忘了帶手機，因為我匆匆忙忙地出門。

10. **of all ages** 各年齡層的

解釋：**age**的意思是「年齡」，**of all ages**則表示「涵蓋所有的年齡」，以補語形式修飾前方的名詞，意思就是「各年齡層的～」。

例：**Because of her personality characteristics, she has many friends of all ages.**
由於她的個人特質，她擁有許多各年齡層的朋友。

徐薇英文UP學

Unit 26

Try it! 實戰練習題：

(　) 1. He improves his English ability _____ practicing constantly.

    (A) with   (B) by   (C) on   (D) in

(　) 2. All that I've done was not _____ for fame.

    (A) true   (B) real   (C) reality   (D) really

(　) 3. We _____ return his car before he finds out.

    (A) have better   (B) had better   (C) had best   (D) have best

(　) 4. Even though she is poor; she has _____ pride.

    (A) something but   (B) anything but   (C) nothing but   (D) everything but

(　) 5. After trying many times, it won't be a problem for me _____.

    (A) at all   (B) in all   (C) of all   (D) to all

6. 以梵谷為例，他是知名的印象派畫家之一。

   _____ Vincent van Gogh _____ _____, he is one of the renowned impressionist painters.

7. 這個電視節目是針對各年齡層的觀眾製作的。

   This TV program is produced for audiences _____ _____ _____.

8. 匆忙的時候很容易犯錯。

   When you're _____ _____ _____, it's easy to make mistakes.

9. 你看起來很緊張。別擔心，只要放輕鬆。

   You look nervous. Don't worry, and just _____ _____ _____.

10. 他因為打錯電話而惹上麻煩。

   He got himself _____ _____ by dialing wrong numbers.

（解答請見p.109）

通常沒有人會喜歡麻煩(trouble)，惹上麻煩(get into trouble)更是令人困擾，有句諺語 **Never trouble trouble till trouble troubles you**.聽起來很像繞口令，但其實這句話的意思是說「不要自找麻煩，直到麻煩自己找上門」，所以希望大家都可以**stay out of trouble**。

ask / look for trouble 找麻煩
ask for意思是「要求」，而**look for**是指「尋找」，因此**ask / look for trouble**就是表示「找麻煩」的意思。

例：**You are asking for trouble by making the situation more complicated.**
你把情況弄得更複雜簡直是找麻煩。

borrow trouble 徒增憂慮；自找麻煩
麻煩人人避之唯恐不及，而**borrow**是「借入」的意思，如果沒事還去**borrow trouble**，那不就是自找麻煩、徒增憂慮嗎？

例：**Worrying too much about weather is nothing but borrowing trouble.**
對天氣過於擔心只不過是徒增憂慮。

make trouble 製造麻煩
麻煩不一定都是外來的，有的人就很會製造麻煩，這種人一般稱為**trouble maker**「麻煩製造者」，就是從**make trouble**衍生而來的用法。

例：**Mom warned Dick harshly to stop making trouble.**
媽媽嚴厲地警告迪克不要再製造麻煩。

in trouble 身處麻煩之中
in是介系詞「在～之中」，因此**in trouble**就是指「身處麻煩之中」，如果是**get into trouble**那就是「惹上麻煩、惹禍上身」囉。

例：**He lost Frank's antique camera and put himself in trouble.**
他弄丟了法蘭克的古董相機，並讓自己身處麻煩之中。

Example is better than precept. 身教重於言教
precept是指「訓誡」，這句諺語的意思是說提供榜樣或楷模，都比給再多的訓誡來得好，也就是說得再多還不如以身作則來得重要。

例：**It's no use scolding him like that because example is better than precept.**
那樣罵他是沒有用的，因為身教重於言教。

---

1. (B)	2. (D)	3. (B)	4. (C)	5. (A)
6. Take, for example	7. of all ages	8. in a hurry	9. take it easy	10. into trouble

1. **such as** 例如；比方說

📖 解釋▶：such as為固定片語用法，用於舉例時表達「例如；比方說」的意思。

例：**Grace has been to many countries such as German, France, and Belgium.**

葛瑞絲去過許多國家，像是德國、法國和比利時。

2. **have...in mind** 有～計劃；在想

📖 解釋▶：mind有「精神；心理」的意思，have...in mind就是指「心裡頭有～事情」，因此就表示「某人有～計劃」或「在想某件事情」。

例：**It appears that she has something in mind.**

很顯然地，她心事重重。

3. **on one's own** 靠自己

📖 解釋▶：own做形容詞意思為「自己的」，on one's own則表示「獨自地，獨立自主」的意思，可做形容詞或副詞使用。

👉 同義▶：**by oneself**（獨自；單獨地）

🕐 比較▶：**of one's own**（屬於自己的）

例：**Dave built the house on his own.**

大偉靠自己蓋了那間房子。

4. **on one's way home** 回家途中

📖 解釋▶：home在這個片語中做副詞「回家」的意思，修飾on one's way，因此on one's way home按字面解釋就是「在一個人回家的路上」，也就是「回家途中」的意思。

例：**Please mail this parcel on your way home.**

請你回家時順便寄這個包裹。

5. **a common way** 一個普通、常見的方法

📖 解釋▶：common指「普通的、共通的」，way可作「方式、辦法」，可接of + 動名詞或不定詞to + 原形動詞，表示「～的方法」。

例：**Self introduction is a common way to get to know somebody for the first time.**

自我介紹是認識第一次見面的朋友常用的方法。

6. a good way of + 動名詞　做～事的好方法

解釋：way在此做「方法、方式」解釋，其後可接of + 動名詞或不定詞to + 原形動詞，表示「做～的方法」。

例：Taking notes is a good way of learning something new.
做筆記是學習新事物的好方法。

7. the answer to + 名詞　～的答案

解釋：answer在此為名詞「答案」的意思，其後以介系詞to接名詞，to在這裡有「針對」的概念，表示「針對～的答案」。

例：This is the answer to what has confused us for a long time.
這就是困擾我們很久的事情的答案。

8. a piece of cake　一片蛋糕；某事很簡單

解釋：a piece of cake除了指「一塊蛋糕」外，亦可形容「事情很簡單、輕而易舉」的意思。

同義：a slice of cake（一片蛋糕）

例：Making a speech to the public for him seems a piece of cake.
向大眾演講對他來說似乎輕而易舉。

9. team spirit　團隊精神

解釋：團隊精神(team spirit)通常是在討論團隊士氣時使用，從字面的team(團隊)與spirit(精神)即可得知，這是指「人對一個團體或一個目標的無形信念」。

例：Team spirit is also an essential element for success.
團隊精神也是成功的一項要件。

10. a career plan　生涯規劃

解釋：career的意思是「職業；生涯」，plan則為「計畫」，兩字合起來就是指「生涯規劃」。

例：Our teacher suggests that we make a career plan before we graduate.
老師建議我們畢業前擬定生涯規劃。

Try it! 實戰練習題:

( ) 1. Going abroad for study is in his _____.

    (A) play   (B) career   (C) plan career   (D) career plan

( ) 2. Solving difficult math problems is _____ to him.

    (A) a piece of paper   (B) a piece of news   (C) a bag of apples   (D) a piece of cake

( ) 3. This is the _____ the question.

    (A) ticket to   (B) answer to   (C) answer of   (D) key of

( ) 4. No matter how busy she is, she always has her traveling plan _____.

    (A) in mine   (B) on mind   (C) in mind   (D) on mine

( ) 5. Mason is old enough to go to school _____.

    (A) on his own   (B) by his own   (C) in his own   (D) of his own

6. 揮手是常見的道別方式。

    Waving hands is a _____ _____ to say good-bye.

7. 聽英文歌是學英文的好方法。

    Listening to English songs is a _____ _____ _____

    learning English.

8. 缺乏團隊精神是他們失敗的原因之一。

    Lack of _____ _____ was one of the reasons for their failure.

9. 我在回家路上巧遇凱薩琳。

    I bumped into Catherine _____ _____ _____

    _____ .

10. 茱莉亞教我一些存錢的方法,像是記帳。

    Julia taught me some ways to save money, _____ _____

    keeping an account book.

(解答請見p.113)

mind可以指一個人的「精神；思想」，也可以表示人的「理智」或「心意」，因此have…in mind指的是「心裡在想～」，而keep…in mind則是指「把～記在心裡」。此外，關於mind的用法還有：

be in / of two minds　猶豫不決

如果一個人對於一件事情在兩個心意之間擺盪，那樣肯定是猶豫不決、舉棋不定的狀態，另外be double-minded(三心二意)也是表示類似的意思。

例：**She is of two minds about which dress she should wear to the party.**
　　她對於要穿哪件洋裝去參加派對猶豫不決。

be out of 人's mind　瘋了；精神不正常

be out of的意思是「離開；脫離」，人如果脫離了正常的精神狀態，也就是指「瘋了；精神不正常」的狀態。

例：**You must be out of your mind to take the task.**
　　你接下這項任務一定是瘋了。

Great minds think alike.　有志一同

這句諺語字面上的意思是擁有偉大思想的人，想法都一樣或很像，其實說的人有時候是要打趣地稱讚與他擁有相同想法的人，和他一樣聰明。

例：**Ruby and I came up with the same ideas about dinner. Great minds think alike.**
　　露比和我對晚餐有同樣的想法。我們真是有志一同。

Never mind!　算了；沒關係

mind除了可以做名詞「心意」來解釋之外，也可以做動詞，意思是「介意」，因此never mind通常在口語上表達的是一種「不要介意」或「算了，沒關係」的意思。

例：**After a long while of searching, I still can't find Ian's watch and he said, "Never mind!"**
　　我找了好久還是找不到伊恩的手錶，他說：「算了，沒關係！」

1. (D)	2. (D)	3. (B)	4. (C)	5. (A)
6. common way	7. good way of	8. team spirit	9. on my way home	10. such as

1. 人 + have the habit of + 名詞 / 動名詞　有～習慣

📖 解釋 ▶：habit是「習慣」，後面以介系詞of接習慣做的事情，所以要接名詞，若為動作則要改為動名詞。

例：**Many people have the habit of drinking a cup of coffee in the morning.**
很多人在早上都有喝一杯咖啡的習慣。

2. anything else　其他的東西

📖 解釋 ▶：anything為代名詞，表示「任何東西」；else為副詞，表示「另外、其他」。anything else如果做問句時，通常表示詢問對方的需求。

✖ 衍生 ▶：something else (其他別的東西)

例：**Here are milk, eggs, flour and sugar. Anything else?**
這裡有牛奶、雞蛋、麵粉和糖。還需要什麼嗎？

3. an idol of + 人　(某人)的偶像

📖 解釋 ▶：idol意思是「偶像」，of後方接人，表示「～人的偶像」。

例：**Steve Jobs was an idol of many Apple fans.**
賈柏斯是許多蘋果產品愛用者的偶像。

4. a place for + 名詞 / 動名詞　可以做～事的地方

📖 解釋 ▶：place表示「地點、地方」，後面接介系詞for，亦可接不定詞to + 原形動詞，表示「可以做～事的地方」。

例：**They are looking for a place for the conference.**
他們正在找舉行會議的地方。

5. a long list of + 名詞　一長串的～

📖 解釋 ▶：list當名詞時，指「表單」，做動詞時，表示「列表、列清單」。其後以介系詞of接名詞，表示「～的清單」。

✖ 衍生 ▶：shopping list (購物清單)、make a list (列出一張清單)

例：**You have to read a long list of rules before you can make an order.**
你必須先閱讀一長串的規則才能下訂單。

6. black sheep 害群之馬

解釋：sheep為「綿羊」，「馬」則是horse，害群之馬在英文裡不用馬，而是用黑色的綿羊來表示，因為黑色綿羊的毛並沒有價值，因此引申為「害群之馬」的意思。

例：**Those rumors made him the black sheep.**
那些謠言讓他成了害群之馬。

7. dark horse 黑馬

解釋：dark是指「黑暗的」，而horse是「馬」，兩個字合在一起意思就是「黑馬」，和中文的表示方法相同。

例：**Christine turned out to be a dark horse in the competition.**
克莉絲汀結果是這場競賽中的黑馬。

8. first aid 急救

解釋：aid做名詞是「幫助、救助」的意思，first aid則是指「第一手的援助」，也就是指「急救」。

衍生：**a first-aid kit** (急救箱)

例：**The drowning boy needed first aid immediately.**
那個溺水的男孩需要馬上急救。

9. pocket money 零用錢

解釋：pocket指的是「口袋」，money是「錢」的意思，放在口袋的錢通常都不會很多，所以pocket money指的就是父母給小孩的零用錢。

例：**Monica saved all her pocket money in the bank.**
莫妮卡將她所有的零用錢都存進銀行。

10. a loud noise 一聲巨響

解釋：loud指「大聲的」，a loud noise通常指大聲的噪音，若形容人說話大聲，可以用a loud voice。

衍生1：**aloud**為副詞，意思是「大聲地」

衍生2：**a loud voice** (說話大聲)、**a loud laugh** (大聲笑)

例：**The car crashed into a store and made a loud noise.**
那輛車撞進了一家店並發出一聲巨響。

Unit 28

Try it! 實戰練習題：

( ) 1. Daddy _____ the habit of drinking coffee in the morning.

    (A) having   (B) has   (C) have   (D) haved

( ) 2. _____ is important to a seriously-injured person.

    (A) First prize   (B) First place   (C) First of all   (D) First aid

( ) 3. We heard a loud _____ and found the bookshelves collapsed.

    (A) north   (B) noisy   (C) noise   (D) nose

( ) 4. Adam turned out to be an _____ of the kids after his excellent performance.

    (A) ideal   (B) idle   (C) idol   (D) idea

( ) 5. Claire needs to rent a place _____ her new studio.

    (A) for   (B) of   (C) with   (D) to

6. 莉莎是這次比賽的黑馬。

    Lisa was the _____ _____ in the contest.

7. 他不想成為班上的害群之馬，所以他很努力練習。

    He didn't want to be the _____ _____ in the class, so he practiced hard.

8. 她存下零用錢來買禮物給她媽媽。

    She saved her _____ _____ to buy a present for her mother.

9. 他們為畢業旅行列了一長串清單要做的事。

    They made a _____ _____ _____ things to do for their graduation trip.

10. 葛瑞絲再次仔細地檢查，並說她不需要其他任何東西了。

    Grace checked again carefully and said that she didn't need _____ _____.

（解答請見p.117）

瑞典曾有一支流行樂團叫做「ABBA」，他們唱過一首歌的歌詞就是Money, money, money. Must be funny. In the rich man's world.。說到錢財，沒有人不愛，每個人一定都做過億萬富翁的白日夢，但是有句俗諺也說「人兩腳，錢四腳」，意思就是追求財富可不是那麼容易的哩！

easy/soft money　輕易得來的錢；不義之財
賺錢可不是那麼容易的，輕易得來的錢有時候是透過不當的手段取得，也就是我們所說的「不義之財」囉。

例：**Most easy money is usually earned by illegal business.**
多數的不義之財通常是透過非法勾當賺取來的。

funny money　偽鈔；來路不明的錢
我們有時候在玩遊戲時，會使用玩具紙鈔來模擬真實世界的交易行為，這樣有趣的錢（funny money）除了指偽鈔之外，也可以指來路不明的錢。

例：**The man is trying to deposit some funny money in the bank.**
那個男人正試圖將若干偽鈔存入銀行。

mad money　備用金；急用的錢
mad意思是「發瘋的；瘋狂的」，mad money可不是指發瘋的錢，而是用來形容因應偶發的意外事件而備用的小額金錢。

例：**Mom always prepares some mad money to be on hand for contingencies.**
媽媽總是在手邊準備一些急用的錢，以備不時之需。

money talks　金錢萬能；有錢能使鬼推磨
這句諺語字面的意思就是「錢會說話」，真實的情況下錢當然不會說話，只是有錢就能做任何事，意味著「金錢萬能」或「有錢能使鬼推磨」囉。

例：**She can get whatever she wants because money talks.**
她可以獲得任何她想要的東西，因為有錢能使鬼推磨。

1. (B)　2. (D)　3. (C)　4. (C)　5. (A)
6. dark horse　7. black sheep　8. pocket money　9. long list of　10. anything else

Unit 29 💿 Idiom29-Unit29

1. one day 有一天

📖 解釋：one day指「一天」，也就是指「有一天」，可以指過去的某一天也可以指將來的某一天。

例：Eric hopes that he could be the chef of a French restaurant one day.
艾瑞克希望有一天他可以成為法國餐廳的主廚。

2. some day 將來有一天；有朝一日

📖 解釋：some指「某個」，some day則表示「未來的某個日子」，通常用於未來式。
同義：someday
例：Sharon wishes her dreams would come true some day.
雪倫但願有朝一日能夠美夢成真。

3. another day 改天

📖 解釋：another表示「另一個、再一個」，another day通常指「將來的某一天」。
👉同義：some other day (改天)
🌑 比較：the other day (前幾天、不久前)
例：The game will be held another day due to the thunderstorm.
由於那場大雷雨，比賽將改天舉行。

4. dozens of + 名詞 數十的；很多的

📖 解釋：dozen是單位的「打」，dozens of後接名詞，表示「有很多的～」。
例：After working for a whole week, they still have dozens of things to do.
在工作了一整個禮拜之後，他們還是有很多事情要做。

5. all kinds of + 名詞 所有各式各樣的～

📖 解釋：kind在此為名詞做「種類」解釋，以介系詞of接名詞，表示「各式各樣的～」。
✂衍生：a kind of (一種)
例：Owen runs a store and sells all kinds of groceries.
歐文開了一家店，並且販賣各式各樣的雜貨。

6. **different kinds of + 名詞**　各式各樣不同種類的～

🔖 解釋：kind意指「種類」，而different意思是「不同的」，different kinds就是指「許多不同種類的」。

同義：**all kinds of + 名詞**（各式各樣的～）

例：**You can find different kinds of organic fruits in the farmer's market.**
你可以在那個農夫市集找到各種不同的有機水果。

7. **because of + 名詞**　因為

🔖 解釋：because為連接詞，必須接表示原因的句子，because of則為連接詞片語，of後面要接名詞，若為動作則要改為動名詞。

例：**He missed the first bus because of his carelessness.**
因為他的粗心大意，他錯過了第一班公車。

8. **at the bottom of + 名詞**　在～底部

🔖 解釋：bottom意思是「底部」，後以介系詞of接名詞，表示「在～的底部」。

反義：**at the top of + 名詞**（在～頂端）

例：**Jessie hid the letters at the bottom of the drawers.**
潔西將信件藏在抽屜的底部。

9. **at the end of**　在～的末端

🔖 解釋：end意思是「結束、結尾」，後以介系詞of接名詞，表示「在～的末端」。

相反：**at the beginning of**（在～的開頭，在～一開始時）

衍生：**at the end of the day**（最後，到頭來）

例：**They are going to hold a party at the end of the activity.**
他們將會在活動結束時舉辦一場派對。

10. **as long as**　只要

🔖 解釋：as long as為連接詞，意為「只要是～」，後方必須接子句。

例：**You may take this chance as long as you make up your mind.**
只要你下定決心，你可以爭取這個機會。

Unit 29

Try it! 實戰練習題：

( ) 1. The ball game was put off because of heavy rain. We have to come _____.

    (A) another day   (B) the next day   (C) one day   (D) other day

( ) 2. His house is _____ the road.

    (A) at the bottom of (B) at the end of   (C) at the top of   (D) at the next

( ) 3. You can take a break _____ you finish your homework.

    (A) as often as   (B) as well as   (C) as long as   (D) as far as

( ) 4. They moved to the country _____ the living expenses.

    (A) so as to   (B) because of   (C) because   (D) in order to

( ) 5. My T-shirt is at the _____ of the basket, so I can't reach it.

    (A) belongs   (B) belongs of   (C) button   (D) bottom

6. 百貨公司裡有各式不同的服飾。

    There are _____ _____ _____ clothes in the department

    store.

7. 我有十幾封電子郵件要回。

    I have _____ _____ e-mails to reply to.

8. 媽媽為我們準備了所有各式各樣的點心。

    Mom prepared _____ _____ _____ snacks for us.

9. 很顯然地，他有一天就把箱子拿走了。

    It appeared that he had taken the case away _____ _____.

10. 她說地球是圓的，總有一天我們會再見面。

    She says we will meet again _____ _____ because the world goes

    round.

（解答請見p.121）

day是指一天**24**小時，或是特別指白天的時間，每個人的時間都是一樣的，因此再大的豐功偉業也都必須依靠日積月累來達成，就像諺語**Rome wasn't built in a day**所說的「羅馬不是一天造成的」，學習英文也是一樣，要循序漸進才能穩紮穩打唷。

Have a nice day. 　祝你有美好的一天。

一般在口語溝通上，要跟人告別除了說**Goodbye**之外，其實還有很多講法，**Have a nice day.**也可以做為在道別前，給予別人的祝福語。

例：**"Have a nice day," said Mrs. Jones when I went out for a job interview.**
在我為了工作面試出門時，瓊斯太太對我說：「祝你有美好的一天。」。

call it a day 　結束一天的工作；決定停止進行~

早期農業社會都是「日出而做，日落而息」，當白天結束的時候就是人們結束工作要休息的時候，因此當我們說**call it a day**時，就表示一天的工作應該結束了。

例：**After working twenty hours on the model, William thinks it's time to call it a day.**
花了二十小時做模型之後，威廉認為該停下來休息了。

one's day 　幸運日

每一天雖然有可能都是平淡無奇的日子，但是如果有某一天可以特別標示成個人獨特的日子，那肯定是特別幸運或難忘了。

例：**It's not his day since he lost his wallet and missed the train.**
今天不是他的幸運日，因為他掉了皮夾還錯過火車。

red-letter day 　值得慶祝或紀念的日子

我們經常都可以看到，日曆上會將值得慶祝或紀念而放假的日子標示成紅色的，所以**red-letter day**的用法就是來自於日曆上的標示。

例：**They are going to celebrate a red-letter day this weekend for their church.**
他們這週末將慶祝他們教會一個值得紀念的日子。

bad hair day 　不愉快的一天

有的時候頭髮亂糟糟很容易讓人感到不愉快，不僅儀表看起來不整齊，給人的觀感也會不好，**bad hair day**指的就是這樣的情形，因此引申為「不愉快的一天」。

例：**Scolded by her boss, Helen thinks it's one bad hair day after another.**
海倫被她的老闆臭罵一頓，她覺得今天又是不愉快的一天。

| 1. (A) | 2. (B) | 3. (C) | 4. (B) | 5. (D) |
| 6. different kinds of | 7. dozens of | 8. all kinds of | 9. one day | 10. some day |

1. as + 原級形容詞 + as　和～一樣

解釋：as的意思是「如同；像～一樣」，兩個as中間加入一個原級形容詞，表示「和～一樣」的意思。

衍生：as easy as ABC（非常容易的）

例：Kelly told me that baking a cake is as easy as ABC.
凱莉跟我說烤蛋糕非常地容易。

2. as soon as　一～就～

解釋：as soon as為連接詞片語，表示「一～就～」，可置於句首或句中，用來引導代表時間的副詞子句。

例：Please return the key as soon as you finish using the conference room.
請使用完會議室後，馬上歸還鑰匙。

3. as soon as possible　儘快

解釋：soon指的是時間上的快，而possible意思是「可能的」，因此as soon as possible就是表示「在時間上儘可能地趕快」，此片語也經常縮寫為ASAP。

同義：as soon as + 人 + can（某人儘可能地快）

例：Tina will come home as soon as possible.
蒂娜會儘快回家。

4. as often as　次數和～一樣多

解釋：often為頻率副詞，表示「時常」，as often as意為「和～一樣時常」，也就是「次數和～一樣多」。

例：Andy goes jogging as often as Rick.
安迪和瑞克一樣常去慢跑。

5. at first　起初

解釋：first意思是「第一的；開頭的」，at first為副詞片語，表示「起初」的意思。

反義：at last（最後；終於）

例：She didn't tell me who she was at first.
她一開始沒有告訴我她是誰。

6. at the same time 同時

解釋：the same意思是「一樣的；相同的」，因此at the same time就是表示「同時」的意思。

衍生：at times (有時)

例：Darren listened to music and surfed the Internet at the same time.
戴倫邊聽音樂邊上網。

7. for a short time 一下子；一會兒

解釋：「for + 一段時間」表示「持續～的時間」，for a short time意思是「一小段時間」，也就是「一下子；一會兒」。

同義：for a while (一下子；一會兒)

反義：for a long time (很久)

例：I'll go to San Francisco for a short time next month.
我下個月會去舊金山一陣子。

8. for rent 供租用

解釋：rent意思為「租用；出租」，for rent就是形容「某物可供租用」的意思。

例：There is a store around the corner for rent.
轉角那裡有家店舖要出租。

9. for sale 銷售

解釋：sale為名詞「銷售；出售」之意，而for sale就是「為了銷售」或「某物待售」的意思。

衍生：on sale (特價中；拍賣中)

例：He has a red car for sale.
他有一輛紅色的車要出售。

10. for sure 肯定；確切地

解釋：sure是形容詞，意思為「確定的；可靠的」，而for sure有一種「肯定，無疑」的語氣，通常做副詞，用來修飾動詞與形容詞。

衍生：make sure (查明；設法確定)

例：Without his guarantee, no one can say it's safe for sure.
沒有他的保證，沒人敢肯定那是安全的。

Try it! 實戰練習題：

( ) 1. Mike goes to the movies _____ I do.

(A) as often as   (B) as soon as   (C) as long as   (D) as far as

( ) 2. Please hand in your homework _____.

(A) as long as   (B) as far as possible   (C) as soon as   (D) as soon as possible

( ) 3. It is impossible to take two part-time jobs and be a full-time student _____.

(A) all the time   (B) at the same time   (C) all day long   (D) at that time

( ) 4. I thought he was innocent _____.

(A) some time   (B) at the same time   (C) at first   (D) at last

( ) 5. The policeman looked around the house _____ and didn't say anything.

(A) for sale   (B) for a short time   (C) for rent   (D) for the sake of

6. 標牌上寫著：出售中。

The sign says, "_____ _____ ."

7. 這間公寓是要出租用的。

This apartment is _____ _____ .

8. 我很確定知道是他偷了我的皮夾。

I know _____ _____ that he stole my wallet.

9. 她一打開門，就看到門口有一輛車。

_____ _____ _____ she opened the door, she saw a car in front of the door.

10. 我希望能像他一樣聰明。

I wish I could be _____ _____ _____ he.

（解答請見p.125）

as的意思是「像～一樣；如同」，因此在英文的用法中有一種比喻法，就是在兩個as中間填入一個形容詞，其後再接一個名詞做為象徵性的代表，如此就可以用比喻的方法來描述許多狀況，像這類的用法還有很多：

as happy as a clam　非常開心
clam是指有蚌殼的蛤蜊，這個片語原本完整是「as happy as a clam at high tide」，通常採蛤蜊都是在退潮的時候來採集，所以當漲潮的時候，蛤蜊就會非常開心。

例：When he found out his invention earned him an award, he was as happy as a clam.
當他發現他的發明得獎時，他非常開心。

as cool as a cucumber　泰然自若
cucumber是黃瓜，它是一種清涼爽口的蔬菜，因此當你形容人冷靜的像黃瓜一樣，就好像遇到任何事情都能處之泰然一般。

例：Facing the worst natural disaster in history, those refugees still act as cool as a cucumber.
面對史上最糟的自然災害，那些災民仍舊泰然自若。

as poor as a church mouse　極其窮困
一般老鼠都會選擇生活在有較多食物的地方，而教堂裡通常不會擁有很多食物，因此住在教堂裡的老鼠就好像很貧窮一樣，常常沒有東西吃。

例：The banker was impacted by the financial tsunami, and now he is as poor as a church mouse.
那名銀行家受到金融海嘯衝擊，現在的他一貧如洗。

as light as a feather　輕如鴻毛
light在這裡是做形容詞「輕的」解釋，而鳥類的羽毛feather一般來說都很輕巧，如此才不會成為飛行時的負擔，所以要形容東西很輕就可以用羽毛來比喻。

例：The newly-released smart phone is featured to be as light as a feather.
那款新發表的智慧型手機標榜著輕如鴻毛。

1. (A)	2. (D)	3. (B)	4. (C)	5. (B)
6. For sale	7. for rent	8. for sure	9. As soon as	10. as smart as

Hi！今天片語複習了嗎？複習好了記得打個「✓」哦！

Mon.	Tue.	Wed.	Thu.	Fri.	Sat./Sun
Unit 1 日期	**Unit 1** 日期	**Unit 1** 日期	**Unit 1** 日期	**Unit 1** 日期	日期
☐ ask for + 名詞 / 動名詞 ☐ ask + 人 + for + 物	☐ bring + 人 + 物 ☐ bring + 物 + with + 人	☐ come (on) in ☐ 甲 + come after + 乙	☐ arrive at + 小地方 ☐ arrive in + 大地方	☐ 甲 + belong to + 乙 ☐ bump into	review and test
Unit 2 日期	**Unit 2** 日期	**Unit 2** 日期	**Unit 2** 日期	**Unit 2** 日期	日期
☐ can't wait to + 原形動詞 ☐ can't wait for + 名詞	☐ carry on + 動詞ing ☐ carry out + 名詞	☐ catch a cold ☐ catch up with + 名詞	☐ check in ☐ check out	☐ cheer for + 人 ☐ cheer up	review and test
Unit 3 日期	**Unit 3** 日期	**Unit 3** 日期	**Unit 3** 日期	**Unit 3** 日期	日期
☐ bark at + 名詞 ☐ break up with + 人	☐ break + (the habit) 　 + of + 名詞 / 動名詞 ☐ break into	☐ call on ☐ care about + 名詞	☐ come from ☐ come on	☐ come back from ☐ come before	review and test
Unit 4 日期	**Unit 4** 日期	**Unit 4** 日期	**Unit 4** 日期	**Unit 4** 日期	日期
☐ borrow + 物 + from + 人 ☐ bring along + 名詞	☐ come along with ☐ come over	☐ come (over) to + 地點 ☐ build a fire	☐ build up ☐ clean up	☐ climb up ☐ find out + 名詞	review and test
Unit 5 日期	**Unit 5** 日期	**Unit 5** 日期	**Unit 5** 日期	**Unit 5** 日期	日期
☐ change 甲 for 乙 ☐ change 甲 into 乙	☐ fill 甲 with 乙 ☐ fall off	☐ fall over ☐ fall down	☐ compare 甲 with 乙 ☐ 人 + come up with + 事	☐ discuss + 事 + with + 人 ☐ make contact with	review and test

Unit6~Unit10

Hi！今天片語複習了嗎？複習好了記得打個「✓」哦！

Mon.	Tue.	Wed.	Thu.	Fri.	Sat./Sun
Unit 6 日期 ☐ cut down ☐ cut off	**Unit 6** 日期 ☐ concentrate on + 事 ☐ 人 + feel like + 動名詞	**Unit 6** 日期 ☐ 物 + break down ☐ cry over + 事	**Unit 6** 日期 ☐ die of + 名詞 ☐ cut into + 名詞	**Unit 6** 日期 ☐ look for ☐ look up + 生字 + in + 字典	日期 review and test
Unit 7 日期 ☐ feed on + 名詞 ☐ grow up	**Unit 7** 日期 ☐ take (good) care of + 名詞 ☐ ask + 人 + about + 事	**Unit 7** 日期 ☐ buy + 人 + 物 ☐ give + 人 + 物	**Unit 7** 日期 ☐ talk to + 人 + about + 事 ☐ decide to + 原形動詞	**Unit 7** 日期 ☐ dream of + 名詞 / 動名詞 ☐ drive + 人 + to + 地點	日期 review and test
Unit 8 日期 ☐ apply for + 名詞 ☐ prepare for	**Unit 8** 日期 ☐ decorate with ☐ give up	**Unit 8** 日期 ☐ hand in ☐ stand for	**Unit 8** 日期 ☐ take off ☐ feel free to + 原形動詞	**Unit 8** 日期 ☐ agree to + 原形動詞 ☐ keep away from	日期 review and test
Unit 9 日期 ☐ suffer from ☐ agree with + 人	**Unit 9** 日期 ☐ put on ☐ try on	**Unit 9** 日期 ☐ run into ☐ take a trip to	**Unit 9** 日期 ☐ get up ☐ stay up	**Unit 9** 日期 ☐ stay with + 人 ☐ show + 人 + around	日期 review and test
Unit 10 日期 ☐ pay attention to + 名詞 ☐ remind + 人 + of + 事	**Unit 10** 日期 ☐ thank + 人 + for + 事 ☐ get used to + 名詞 / 動名詞	**Unit 10** 日期 ☐ 人 + run out of + 事物 ☐ think of	**Unit 10** 日期 ☐ across from ☐ either 甲 or 乙	**Unit 10** 日期 ☐ between 甲 and 乙 ☐ according to + 名詞 / 動名詞	日期 review and test

Hi！今天片語複習了嗎？複習好了記得打個「✓」哦！

Mon.	Tue.	Wed.	Thu.	Fri.	Sat./Sun
Unit 11 日期 ☐ 人 + be afraid to + 原形動詞 ☐ 人 + be afraid of +名詞 /動名詞	**Unit 11** 日期 ☐ 人 / 物 + be famous for + 特質 ☐ 人 / 物 + be famous as + 身分 / 地位	**Unit 11** 日期 ☐ 人 + be excited about + 名詞 ☐ 人 + be interested in + 名詞	**Unit 11** 日期 ☐ 人 + be fond of + 名詞 ☐ 人 + be glad to + 原形動詞	**Unit 11** 日期 ☐ be filled with + 名詞 ☐ be full of + 名詞	日期 review and test
Unit 12 日期 ☐ 人 + be tired of + 事 ☐ 人 + be tired with + 事	**Unit 12** 日期 ☐ 人 + be surprised at / by + 名詞 ☐ 人 + be impressed with + 名詞	**Unit 12** 日期 ☐ 人 + be careful of + 事物 ☐ 人 + be / get ready to + 原形動詞	**Unit 12** 日期 ☐ 人 + be / get ready for + 名詞 ☐ be / get + lost	**Unit 12** 日期 ☐ 主詞 + be popular with + 人 ☐ 人 + be bitten on + 部位	日期 review and test
Unit 13 日期 ☐ 人 + be active in + 事 ☐ 人 + be embarrassed about / at + 名詞 / 動名詞	**Unit 13** 日期 ☐ 事 / 物 + be good for + 人 ☐ 人 + be good at + 名詞 / 動名詞	**Unit 13** 日期 ☐ 人 + be terrible at + 名詞 / 動名詞 ☐ 人 + be frightened by + 名詞	**Unit 13** 日期 ☐ 人 + be taken to + 地方 ☐ 人 + be thankful for + 事	**Unit 13** 日期 ☐ 人 + be thankful to + 人 ☐ 人 / 物 + be followed by + 名詞	日期 review and test
Unit 14 日期 ☐ 甲 + be different from + 乙 ☐ 甲 + be the same as + 乙	**Unit 14** 日期 ☐ 人 / 物 + be similar to + 名詞 ☐ 人 + be dressed in + 服裝	**Unit 14** 日期 ☐ 人 + be touched by + 名詞 ☐ 人 + be disgusted by + 名詞	**Unit 14** 日期 ☐ 物 + be made from + 名詞 ☐ 物 + be rich in + 名詞	**Unit 14** 日期 ☐ 人 / 物 + be helpful to + 名詞 ☐ 人 / 物 + be helpful for + 名詞 / 動名詞	日期 review and test
Unit 15 日期 ☐ 人 + be / make sure to + 原形動詞 ☐ 人 + be sure of + 名詞	**Unit 15** 日期 ☐ 人 + be / get confused about + 名詞 / 動名詞 ☐ 人 + be worried about	**Unit 15** 日期 ☐ be amused at + 名詞 / 動名詞 ☐ be bored by / with	**Unit 15** 日期 ☐ be covered with ☐ be crowded with	**Unit 15** 日期 ☐ far behind ☐ far away	日期 review and test

Unit16~Unit20

Hi！今天片語複習了嗎？複習好了記得打個「✓」哦！

Mon.	Tue.	Wed.	Thu.	Fri.	Sat./Sun
Unit 16 日期 ☐ after all ☐ above all	**Unit 16** 日期 ☐ all over ☐ all the time	**Unit 16** 日期 ☐ all day / year long ☐ along with + 名詞	**Unit 16** 日期 ☐ and so on ☐ by the way	**Unit 16** 日期 ☐ a long way to go ☐ for a long time	日期 review and test
Unit 17 日期 ☐ again and again ☐ at least	**Unit 17** 日期 ☐ be going to + 原形動詞 ☐ break 人's heart	**Unit 17** 日期 ☐ can't help + 動名詞 ☐ can't live without	**Unit 17** 日期 ☐ 人 + be doing fine ☐ 事 + be done	**Unit 17** 日期 ☐ 人 / 物 + be gone ☐ 物 + be sold out	日期 review and test
Unit 18 日期 ☐ best of all ☐ 物 + catch fire	**Unit 18** 日期 ☐ catch the ball ☐ catch the bus	**Unit 18** 日期 ☐ 事 + come to an end ☐ 人 + be sure + that 子句	**Unit 18** 日期 ☐ 人 + be glad + that子句 ☐ check it out	**Unit 18** 日期 ☐ check 人' s email ☐ 人 + be動詞 + from + 地點	日期 review and test
Unit 19 日期 ☐ before long ☐ by then	**Unit 19** 日期 ☐ day after day ☐ day and night	**Unit 19** 日期 ☐ do 人's best ☐ do 人's part	**Unit 19** 日期 ☐ 人 + be put to death ☐ cross the street	**Unit 19** 日期 ☐ take exercise ☐ fall asleep	日期 review and test
Unit 20 日期 ☐ each other ☐ excuse me	**Unit 20** 日期 ☐ even though ☐ even worse	**Unit 20** 日期 ☐ do + 人 + good ☐ do business	**Unit 20** 日期 ☐ do well on + 事 ☐ enjoy oneself	**Unit 20** 日期 ☐ come to life ☐ 事 + come true	日期 review and test

Unit21~Unit25

Hi！今天片語複習了嗎？複習好了記得打個「✓」哦！

Mon.	Tue.	Wed.	Thu.	Fri.	Sat./Sun
Unit 21 日期 □ blow 人's nose □ 甲 + blow kisses to + 乙	**Unit 21** 日期 □ face to face □ follow the rules	**Unit 21** 日期 □ eat out □ create a habit	**Unit 21** 日期 □ keep + 動名詞 □ bring + 事 / 物 + closer	**Unit 21** 日期 □ come for a visit □ DIY = Do It Yourself	日期 review and test
Unit 22 日期 □ cut + 名詞 + into pieces □ from + 名詞 + to + 名詞	**Unit 22** 日期 □ from mouth to mouth □ from time to time	**Unit 22** 日期 □ have nothing to do with + 名詞 □ have something to do with + 名詞	**Unit 22** 日期 □ give + 人 + a hand □ give + 人 + a big hand	**Unit 22** 日期 □ fall on hard times □ by oneself	日期 review and test
Unit 23 日期 □ so... + that子句 □ too...to + 原形動詞	**Unit 23** 日期 □ make up 人's mind □ continue + 動名詞 / to 原形動詞	**Unit 23** 日期 □ enough to + 原形動詞 □ as you know	**Unit 23** 日期 □ believe it or not □ in time	**Unit 23** 日期 □ look on the bright side □ have a good time	日期 review and test
Unit 24 日期 □ spread to □ take a rest	**Unit 24** 日期 □ When it comes to... □ Here come(s) + 名詞	**Unit 24** 日期 □ in danger of + 名詞 / 動名詞 □ ask if + 子句	**Unit 24** 日期 □ what if □ have to + 原形動詞	**Unit 24** 日期 □ would like to + 原形動詞 □ on sale	日期 review and test
Unit 25 日期 □ have been to □ make a deal	**Unit 25** 日期 □ fall through □ try one's best	**Unit 25** 日期 □ in fact □ in other words	**Unit 25** 日期 □ no wonder □ so far	**Unit 25** 日期 □ to be honest □ in order to	日期 review and test

Unit26~Unit30

Hi！今天片語複習了嗎？複習好了記得打個「✓」哦！

Mon.	Tue.	Wed.	Thu.	Fri.	Sat./Sun
Unit 26 日期 ☐ had better + 原形動詞 ☐ not really	**Unit 26** 日期 ☐ not…at all ☐ get into trouble	**Unit 26** 日期 ☐ nothing but ☐ take it easy	**Unit 26** 日期 ☐ take…for example ☐ by + (not) + 動名詞	**Unit 26** 日期 ☐ in a hurry ☐ of all ages	日期 review and test
Unit 27 日期 ☐ such as ☐ have…in mind	**Unit 27** 日期 ☐ on one's own ☐ on one's way home	**Unit 27** 日期 ☐ a common way ☐ a good way of + 動詞ing	**Unit 27** 日期 ☐ the answer to + 名詞 ☐ a piece of cake	**Unit 27** 日期 ☐ team spirit ☐ a career plan	日期 review and test
Unit 28 日期 ☐ 人 + have the habit of + 名詞 / 動名詞 ☐ anything else	**Unit 28** 日期 ☐ an idol of + 人 ☐ a place for + 名詞 / 動 名詞	**Unit 28** 日期 ☐ a long list of + 名詞 ☐ black sheep	**Unit 28** 日期 ☐ dark horse ☐ first aid	**Unit 28** 日期 ☐ pocket money ☐ a loud noise	日期 review and test
Unit 29 日期 ☐ one day ☐ some day	**Unit 29** 日期 ☐ another day ☐ dozens of + 名詞	**Unit 29** 日期 ☐ all kinds of + 名詞 ☐ different kinds of + 名詞	**Unit 29** 日期 ☐ because of + 名詞 ☐ at the bottom of + 名詞	**Unit 29** 日期 ☐ at the end of ☐ as long as	日期 review and test
Unit 30 日期 ☐ as + 原級形容詞 + as ☐ as soon as	**Unit 30** 日期 ☐ as soon as possible ☐ as often as	**Unit 30** 日期 ☐ at first ☐ at the same time	**Unit 30** 日期 ☐ for a short time ☐ for rent	**Unit 30** 日期 ☐ for sale ☐ for sure	日期 review and test

片語索引 Index

片語索引 Index

d

片語索引 Index

片語索引 Index

英單1500字Starter (上)、(下)

👍 本書最適合：

☆ 只聽得懂字、卻不知道怎麼拼寫的小學生

☆ 想帶著孩子一起打好英文基礎的爸爸媽媽

☆ 有心打下扎實單字基礎的英文學習者

👍 本書特色：

☆ 徐薇獨門單字記憶法

☆ 8小時徐薇老師精彩解說MP3

☆ 隨書附學習進度表及自我檢測試卷，隨時掌握學習進度

☆ 每日3個字、一週1單元，1500個基礎單字迅速「完背」

☆ 跟著徐薇老師學，不僅教你背單字，還能學最實用、最有意思的英文知識！

徐薇老師教K.K.

1書 + 4片教學DVD光碟 + 1片朗讀MP3光碟

本書最適合：

☆ 需要學會音標以銜接中學課程的小學生

☆ 想帶著孩子一起建立英文發音基礎的爸爸媽媽

☆ 想要精準說英文的學習者

本書特色：

☆ 徐薇老師六小時K.K.音標精闢教學DVD，徐老師親自示範，看嘴型學發音，一聽就懂，一說就對，讓你開口就是好英語！

☆ 子音、母音、雙母音、特殊子音分門別類，結合自然發音規則，學得最正確、最透徹！

☆ 徐老師獨家發音解析，小學生都聽得懂，親子共學，爸媽帶著孩子一起唸，學發音真有趣！

☆ 每個單元均有豐富例字、練習題與測驗，搭配朗讀MP3，讓你走到哪練到哪！

☆ 隨書附練習題和單元檢測，聽課→練習→做測驗，學K.K.不必上補習班，看徐薇老師教學，在家自學有效、扎實又簡單，還能在小學畢業前就能熟用K.K.音標，升國中免煩惱！

國家圖書館出版品預行編目資料

初級片語Starter 300 / 徐薇編著-台北市 ： 碩英, 2012.5
面 ； 公分.–(親子共學系列 ; 4)
ISBN 978-957-30681-9-8 (平裝附光碟片)
1.英語　2.慣用語
805.123　　　　　　　　　　　　　　　　　101005634

初級片語 Starter300

編著	徐薇
責任編輯	賴依寬　黃怡欣　黃思瑜
錄音製作	風華錄音室

發行人	江正明
發行公司	碩英出版社
地址	106台北市大安區安和路二段70號2樓之3
電話	02-2708-5508
傳真	02-2707-1669
初版	2012年5月
再刷	2020年5月
定價	NT$ 300

總經銷	大和書報圖書股份有限公司
電話	02-8990-2588
地址	新北市新莊區五工五路2號
傳真	02-2299-7900